La science sauvage de poche

01

インヴェンション

Invention

高山宏×中沢新一

Hiroshi Takayama, Shinichi Nakazawa

明治大学出版会

Contents

まえがき

中沢新一

高山宏の魅力は、どんなに語っても語りつくせるものではない。「シェイクスピアという名前は股間の槍（スピア）を振り立てる（シェイク）という意味だ」というような話題を、涼しい顔をして高山宏が語りはじめるとき、我が国の英文学研究に取りついてきたとりすました教養主義は足下からガラガラと崩壊し、グローブ座の舞台で演じられているマクベスとインドの裸電球のもとで演じられている祭礼の舞台とが、またたくまに通底器でひとつに結び合ってしまうのが見える。「ピンチョンなんかよりもフィッツジェラルドのほうが熱力学をちゃんと取り込んだ文学をやっている」などと語られてごらん。『華麗なるギャツビー』に登場する料理のメニューやドレスのデザインの溢れんばかりの豊富さが、じつはエントロピー増大の原理の文学的表現であったことを知らされた私たちは、逃げ場を失った動物みたいにただオロオロするしかない。こんな知性がいままで日本に存在したことがあっただろうか。ところが多くの日本人がいまだにそのことに気づかずにいる。なんとももったいない話ではないか。

私は高山宏の知性のすごさと魅力をずいぶん以前から知り抜いていた。それなのに会って話をする機会をほとんど持つことがなかった。これはひとえに人類学者山口昌男が私たち二人にかけた呪いのせいである。山口昌男はこと人間の心理の機微に関してはアフリカの呪術師なみの知識とそれを操作する高い技量を持っていた。そこで彼はまだ若かった高山宏と私を自分立ち会いのもとに出会わせ、互いが相手のことを煙たく思うようになる呪文を、私たちに密かに吹き込んだのである。天才的ないたずら者だった山口昌男は、こうして私たちが何年もの間なんとなく疎遠になるように仕組むことに成功した。なんのために?まったく呪術師の考えていることはわからない。

そのせいで、その後高山宏とは二度ほど対談をする機会はあったが、二人がどんなに相手に対する友情と敬意を伝えようとしても、なぜか愛の通路にはインテレクチュアリズムの雑草が生い茂り、二人が語り会う言葉に天使の風が吹き渡ることはなかった（そのときの記録がこの本の第一章に収録されている）。しかしついにあのときにかけられた呪いが解かれる日がやってきた。高山宏と私は山口昌男を追悼する雑誌の対談において、二人の間をいままでとは違う爽やかな風が流れているのを感じとった。雑草は取り除かれ愛の通路が開かれていた（その模様は本書の第四章に記録されている）。いたずら者の呪術師はこの日のことまでも仕組んだ上で、笑いながら別世界に移っていったのであった。

さてそれからというものは、縦横無尽、天衣無縫、言語道断な対話がとめどなく流れ出した。そのごく一部分を『インヴェンション』と名づけて上梓する。「明治大学野生の科学研究所」が贈る新シリーズの最初の一冊である。教養主義を踏み越え、権威主義を笑い飛ばす。この本のめざすところは知的な装いをしたパンクである。

第1章

〈自然〉新論　自然とは何か

ヨーロッパ近代の特異点

高山　僕が『目の中の劇場』を出した一九八五年に中沢さんも『雪片曲線論』を出版されたわけです。僕はそのとき、ふたりとも同じことを扱ってるはずなんだけど、なんでこう表と裏なんだろうという発見というか、ショックがあったわけだね。自然を自分の思惟のかたちと同じにする、いわゆる「自然哲学」をついに一種の憧れにしてしまう文化を一生懸命追っていた。僕自身にとっても手の届かない憧れだった**ロマン派**の自然哲学を今の東京で生身で生きているやつがいる。本当にびっくりした。まずはその中沢自然哲学の出発点のあたりの話から。

中沢　僕は理科系から出発しまして、途中から宗教学の方へ方向転換したくらいだから、科学、とくに数学には非常に興味がありました。構造主義が出てきたのは、ちょうど僕が高校生のころですが、当時から**ブルバキ**ふうの数学を勉強していまして、それとたとえば古代哲学者がやったこととの共通性を感じていました。自分の中で科学と詩を全然分離できなかったんですね。それでいて文学に対して、のめり込むことができない体質でし

＊――初出『武蔵野美術』No.112, 一九九九年五月、武蔵野美術大学出版部。

ロマン派
あるいはロマン主義。一八世紀末から一九世紀前半にヨーロッパに起こった思潮・運動。理性偏重や合理主義に対し、感受性・主観を重視したもので、古典主義の対立概念とされる。中世趣味、恋愛賛美、民族意識の高揚といった特徴をもち、近代国民国家形成を促進した。この影響はさまざまな芸術分野、あるいはさまざまな地域に及んだ。後にその反動で写実主義・自然主義が生まれることになる。→p.70, p.189

た。

たとえば**バルザック**の多くの小説では、冒頭部で荘園に入っていくまでの道を歩いていくプロセスが、四ページの長さにわたって写真みたいに詳細に描写されています。僕は写真術がさかんになる以前の小説家の表現技術の高さに圧倒されますが、同時にこの技術はいずれ衰退していくだろう、ということが予測されます。ここでバルザックが描写していることの多くは、ノイズがどう感知されているかとか、光と陰影がどう感知されているかとかにかかわっていますから、いずれにしても文学というのは大部分技術の問題なんじゃないか、と感じたわけです。その点ダダやシュルレアリスムには非常に関心を持っていました。とりわけ**アルフレッド・ジャリ**の発想の中に、数学的な奇想とポエジーが直接に結合しているのを発見しては、大喜びでした。僕が好きなのはだいたいそういう作家たちで、**ポール・ヴァレリー**なんかもそうでしたね。

髙山 まあ、**レオナルド**狂いの数学者だからね。

中沢 若いときには**ガストン・バシュラール**なんかも好きで読んだのですが、彼は科学と詩をはっきり分けようとするので物足りない。科学のラインはこっち、詩のラインはこっちというふうに、くっきり分けながら、そ

ブルバキ
ニコラ・ブルバキ。フランスの若手数学者たちによる共同のペンネーム。もともとは解析学の教科書執筆のために一九三五年に作られた。七〇〇〇ページ以上に及ぶ『数学原論』の執筆で知られ、厳密性と一般性を求めるスタイルで現代数学に大きな影響を与えた。

バルザック
オノレ・ド・バルザック。一七九九—一八五〇。フランスの作家。九〇編以上の長編・短編からなる連作『人間喜劇』で有名。著書に『ゴリオ爺さん』『従妹ベット』。
→p.32, p.93, p.159

アルフレッド・ジャリ
一八七三—一九〇七。フランスの作家・劇作家。シュルレアリスム演劇・不条理文学の先駆者とされる。著書に『ユビュ王』『超男性』。

ポール・ヴァレリー
一八七一—一九四五。フランスの詩人、小説家、評論家。フランスを代表する知性といわれる。著書に『若きパルク』『ヴァリエテ』。

のふたつを分業でやっていくというスタイルを取ってるんですね。それが僕には我慢できなかった。かといって、自然哲学と超越論哲学を合体させるんだというドイツ哲学のやり方は、魅力的ではあるけれど、僕のセンスじゃない、と思いました。

文学も好き、芸術も好き、詩も好きで、数学も好き。で、僕は何をやりたいのかなと思っていたとき、**ミシェル・セール**とジル・ドゥルーズが現れたことがすごく大きかったですね。ドゥルーズも非常に数学が得意で、数学と芸術を同時に行ったり来たり、その場でできる人なんですね。またミシェル・セールも**ルクレティウス**の物理学と素粒子論を同時に語れてしまう。このふたりの仕事に出会ったとき、僕がやりたいと思っていたことにいちばん近いスタイルがそこにあるのを感じました。それがあの『雪片曲線論』につながっていったのですね。

高山　そうか。考えてみると「詩と博物学」を副題とする『オルペウスの声』で中沢ヴィジョンを先どりしてた**エリザベス・シューエル**ももともとは数学者なわけだね。面白い。ところで、中沢さんはバルザックのことをネガティヴに扱うためにいわれたけれども、僕なんかは逆に凝縮できるものをこの人はなんでわざわざ四ページにわたって描写するのかという方に興

レオナルド
レオナルド・ダ・ヴィンチ。「レオナルド狂い」という発言は、ヴァレリーが『レオナルド・ダ・ヴィンチの方法序説』を発表したこと等をふまえている。→p.26

ガストン・バシュラール
一八八四―一九六二。フランスの哲学者、科学哲学者。認識一般の起源や可能性を問う古典的な認識の哲学とは異質にして独自の科学認識論を築いた。著書に『新しい科学的精神』『空と夢』。→p.146

ミシェル・セール
一九三〇―　。フランスの科学史家、科学哲学者。ライプニッツとバシュラールを継承し、新―新科学精神という「準拠枠を持たぬ思惟」により位階的でない百科学を作ろうとしている。著書に『ライプニッツのシステム』『ヘルメス Ⅰ』。→p.33,p.67,p.145

ジル・ドゥルーズ
→p.73, p.125, p.146

味があってね。

中沢 いや、そこは大事ですね。

高山 バルザックって、自分のことを「文学の**ビュフォン**」といおうとしてるよね。

中沢 ビュフォンですか。バルザックの「遅さ」の重要性というのはあると思うんですね。フランス文学で、最高度に速い文学はおそらく**ヴォルテール**の『カンディード』だと思うんですけど、もう高速の文学ですよね。全体に一八世紀のものは速い傾向がありますが、一九世紀になると、緻密でゆっくりした描写になってくるでしょう。乗り物のスピードは上がっているはずなのにね。

高山 啓蒙の人たちはいいたいことがあり過ぎるんだね。今まで誰もいってないことばっかりだからね、ほとんどセマンティックな吃音的文体になる。

中沢 彼らには、途中の道の描写なんてどうでもいいんですよね。もうバンバン吹っ飛ばして先へ行く。フランスでも**サド**の場合の「スピード」というのは、またちょっと違いますよね。いいたいことはすっからかんで、何もないかもしれない。ただ、なんにもないというために、ものすごくスピー

ルクレティウス
紀元前九九年ごろ—紀元前五五年。共和政ローマ期の詩人・哲学者。唯物論的自然哲学と無神論を説いた。著書に『事物の本性について』。→p.146

エリザベス・シューエル
一九一九—二〇〇一。イギリスの文芸批評家・詩人・作家。著書に『ノンセンスの領域』。『オルペウスの声』(一九六〇年)では、文学と科学における想像力の役割について論じている。→p.33, p.83, p.97, p.160

ビュフォン
ジョルジュ＝ルイ・ルクレール・ド・ビュフォン。一七〇七—八八。フランスの博物学者、数学者、植物学者。『一般と個別の博物誌』はベストセラーとなり、博物学や科学思想の発展に影響を及ぼした。→p.94

ドを上げる。僕の中にはスピードへの偏愛と同時に、遅速度に対する偏愛と、両方ありますが、若いころはもうとにかくスピードでした。『カンディード』はだから僕のバイブルでした。

しかしそれにつけても、髙山さんの『目の中の劇場』と僕の『雪片曲線論』がポジ・ネガの関係だとは、僕自身は感じませんでしたよ。

髙山　「ポジ・ネガ」というよりは「先とあと」というべきかな。僕は一七〜一八世紀の終わりぐらいまでの二世紀を連続的に見るわけですよ。その中で**王立協会**や**ライプニッツ**の意味とかを考える。だから、僕の中で強固に近代というもののイメージがあるわけで、一七〜一八世紀はこれだけ強固なんだから、そんなに簡単に壊れるわけはないんだというのがあった。だけど、やっぱりそれが一九世紀の終わりに壊れてくる。でも誰もきちっと二〇世紀末に向けて意味のあるようなやり方で、それが「壊れた」という言い方をしてる人はいなかったわけだ。

熱力学がどうした、複雑系がどうしたという話はあるけど、ヨーロッパ近代はそんなもので壊れるはずがないと考えていたら、中沢さんをそのトップとして、「これで壊れますよ」といういくつかの概念を一本の線につなげた動きのようなものが出てきて、結果的にきちっと表と裏という関係

ヴォルテール
一六九四―一七七八。フランスの哲学者・作家・歴史家。本名はフランソワ=マリ・アルエ。啓蒙思想家として有名で、ディドロやダランベールとともに百科全書派のひとりとして活躍した。著書に『哲学書簡』『歴史哲学』。『カンディード』は楽天主義を風刺したピカレスク小説。→p.69

サド
通称マルキ・ド・サド（サド侯爵）。一七四〇―一八一四。フランスの作家。数々のスキャンダルを起こし、人生の三分の一以上を獄中で過ごすが、獄中で旺盛に執筆活動を続けた。異常な性のありかたを描きつつ、既成の宗教を激しく批判し、人間の暗部を鋭くえぐった。著書に『美徳の不幸』『悪徳の栄え』。→p.73

王立協会
一六六〇年にイギリスで設立された、現存する最古の科学学会。その活動の意義は、髙山宏『近代文化史入門』等に詳しい。→p.80, p.93, p.152, p.191

で並んだ。だから、僕にとってそのショックはとても大きかった。僕には、八〇年代の半ばに『目の中の劇場』と『メデューサの知』によってヨーロッパ学のひとつの到達点に達したという思いがあったわけです。ところがそれが『雪片曲線論』の中の**南方熊楠**で全部足払いを食らった。一生懸命に見てきて疲れていたら、先を見な、先はこうだよって（笑）。

中沢 僕の意図はそれとはまったく違うものでした。だってもしも高山さんのおっしゃるとおりだとしたら、僕はまったくヨーロッパを理解していないということになるじゃあありませんか。誤解しているのかもしれませんが、僕はヨーロッパについて高山さんとはちょっと違うことを考えてきたみたいです。

ライプニッツ
ゴットフリート・ライプニッツ。一六四六―一七一六。ドイツの哲学者、数学者、科学者、政治家。法学から物理学まで、さまざまな学問を統一し、体系化しようとした知の巨人。著書に『形而上学叙説』『単子論』。→p.34, p.68

南方熊楠
みなかた・くまぐす。一八六七―一九四一。日本の博物学者、菌類学者、民俗学者。観察を主体とする和漢の博物学的伝統を学問方法として受け継ぎ、博物誌、民俗学、生物学などの幅広い領域にわたる膨大な研究を残した。著書に『十二支考』『南方随筆』。→p.172

ヨーロッパ文明の三要素

高山　中沢さんにとってのヨーロッパって？　まずそこを聞いていい？

中沢　ヨーロッパは短く見積もっても一一〜一二世紀からあまり本質的には変わっていないと思います。そのころ築かれた礎の上に営々としていろんなものを建築し続けているけれども、本質的にはゴシックが形成されるあたりと、基本的な文明としての骨格はあまり変わってないでしょう。

僕はヨーロッパの文化の問題については、むしろ髙山さんの本から勉強してるぐらいで、たいして知らないんですが、ただ、ヨーロッパの骨格とはなんなのかというのは、意外と理解できてるかもしれないという気がします。それはキリスト教のせいなんでしょうね。家がクリスチャンでキリスト教の問題は子どものときからずっと考え続けてきたし、おじいさんたちがわりあいヨーロッパの古典の教養が深い人たちで、そういう人たちからずいぶん影響を受けましたから。

高山　でもたしか中沢さん自身はクリスチャンじゃないよね。

中沢　僕は違いますが、西洋のどんな作品を読んでも、キリスト教の影を感じちゃうような成長をしてしまいました。その独特の思考方法とか、日本人には違和感のある自然観とか、そういう非常に強固なパラダイムが構築されている世界。そういうものが崩壊したといわれる啓蒙の時代以降でも、世界や自然に対するあるスタンスは、さらにかたちを変えて持続していいます。だからヨーロッパの持続性というのはむしろネガティヴな意味で非常によくわかっている気がします。

ただ、僕は今日高山さんにお聞きしたいなと思ってることなんですが、西ヨーロッパとひとくちにいっても、だいたい三つの要素でできあがっている気がするんですね。それはギリシャ的なもの、それからユダヤ的なもの、それからヨーロッパ的なものの三つです。たとえば数学の研究者にいわせると、ギリシャ数学は〈論証〉で、ユダヤ人の思考方法は〈抽象〉、ヨーロッパは〈実証〉なんですね。ギリシャ人は人間の生態や自然のプロセスがどうであろうと、形式論理学の正しさを出発点にしています。論証するんですね。ところがユダヤ人の場合は、思考方法の最初から抽象に向かいます。モーゼが十戒を獲得してシナイ山から下りて来たとき、バール神を祀った牛に目がけて、十戒の書かれた石板を投げつけるくらいな人たちですからね。神は表象できない。ユダヤ人の中には絶対的抽象に向かう思考方法が濃厚にある。そして最後のヨーロッパの場合はこのふたつを受け入れるが、それと同時に抽象や論証に対して抵抗するものがある。ヨーロッパ精神とは、論証でも抽象でもなく、実証なんじゃないですか。実験の精神ですね。つまり論証と抽象の成果は、現実の自然の中で実証されなければ意味がないという、一種の「ボンサンス」が発達していると思う。

高山　うん。というか、商人《あきんど》だからね。**ハンザ同盟**、オランダ、とくにイギリスは。要するに商品として考えたときに、その具体性についての議論からすべて始まるわけだ。大陸にくらべてイギリスの場合はさらに少々特殊かもしれないが。昔から、商いの国、商人の国という。僕は幸か不幸か、英文学でしょ（笑）。だから、西ヨーロッパというときのモデルは、僕の場合ドイツでもオランダでもなんでもない、基本的にイギリスだから、それはもうはっきりいえる。実証はたぶんイギリスでしょう。

たとえば僕の専攻している**ダニエル・デフォー**はイギリスで最初に道の整備を建白する。それから運河の整備を建白するよね。要するにコースに沿って、見ていくものを目に見えるままリストアップしていくディス「コース」の感覚って、これはリアリズム小説にもなるんだけど、基本的には商人のもんだよね。具体物を見て歩いて、計量し、記帳していく。ロイヤル・

ハンザ同盟
中世後期に北ドイツを中心にバルト海沿岸の貿易を独占して、ヨーロッパ北部の経済圏を支配した都市同盟。

ダニエル・デフォー
一六六〇―一七三一。イギリスの作家、ジャーナリスト。英語小説の勃興期の作家のひとり。著書に『ロビンソン・クルーソー』『モル・フランダーズ』。→p.138

ソサエティ（王立協会）なんか、実証と抽象と両方やってたけど、やっぱりイギリス人というのは根っから、個物に対する具体的な数を数えてリストにしていく傾向がある。だから、哲学では経験主義とか簡単にいうけれども、ディスコースの問題はもっと根が深いよ。

庭園のポリティクス

高山　でもやっぱりイギリスをやると、自然観がちょっとおかしくなるんですよ。ただ、一種のヨーロッパ的なモデルは作ったわけです。たとえば「**イングリッシュ・ガーデン**」というのはイギリスから発してヨーロッパ全体に浸透していった。ルーヴル式というか、ルイ一四世ふうの庭園への強いアンチテーゼとして。

中沢　ルーヴルふうの庭園は論証的幾何学ですよね。

高山　そして、それをやっつけるために、われわれは〈ネイチャー／自然〉だってことを、イギリス人は言い出す。調べればわかるように、自然のどこにもないようなものを寄せ集めては「ネイチャー」という。だから、イギリスについてネイチャーを勉強し始めたことから、そもそもおかしくなるんだけど。でもそのモデルで万国博覧会も出発するんだよね。

中沢　たぶんそうだと思う。

高山　あれ、イギリスで始まって、フランスに簒奪されていった不思議な制度だからね。

イングリッシュ・ガーデン
自然の景観美を追求したイギリス風景式庭園。平面幾何学的なフランス式の庭園とは違い、曲線や起伏を重んじる。

「ヴュー（view）」とか「シーン（scene）」という言葉を追いかけていくと、イギリスというのはやっぱり非常に特異な発明をやっている。たとえば、一八世紀の初めスペイン継承戦争が終わったあとに、フランスはあのころルイ一四世ですから、もう絶対王政の極致です。そこでさっきの「ルーヴル式」が何もかもを席巻する。風景や自然だって、絶対王政ふうのじゃないと受け入れない。だから、森にタワーみたいなものがあって、そこから王様が全部見おろすという、先ほどいわれたような論証的な構造をフランスは取った。ならば、わがイギリスはそれに対抗して「自然」の森でいこうと決めた。もともとあるんじゃなくて、これでいこうって決めるところがすごい。フランスが「文化《キュルチュール》」というと、イギリスは「自然《ネイチャー》」だといった。

ところが、そもそもイギリスは自然が貧困な国だから、たとえばシェイクスピアでも、アーデンの森の神話的な構造はあんなにも豊かに使いながら、どういう森でどういう花が咲いてるかなんてほとんどすっ飛ばしている。だから一八世紀の初頭にネイチャーのモデルを、僕の考えでは、彼らはイタリアに求めた。イタリア人が、美しい風景だ、シーンだと呼んでいるものを、「グランドツアー」で行ったイギリスの美的な貴族が大量に持って帰るんです。それをそのままイギリスの荒廃した風土の中にイタリア

シェイクスピア→p.175, p.190

そっくりの風景を、**クロード・ロラン**やなんかの風景画をモデルにして作っていくわけでしょう。

それでイタリアに飽きると、今度はインドに行く。最後は、行ったこともない中国のモデルを持ってくる。それをイギリス人はネイチャーと呼ぶ。それに対してフランス人のいっている自然は人工的な文化の賜物だと。だから、あいつらは草木を刈るが、わが国はそれをやらないと。トピアリーっていう剪定術だね。

逆にいうとフランスをとても意識した、たいへん人為的にでっちあげたネイチャーだと思う。だから、よくイギリス人が、日本人とイギリス人はネイチャー・ラヴィングな国民だというんだけど、何をいってんだ、一七世紀までイギリスに自然はないじゃないか、と。そういうイギリスの自然観が全ヨーロッパのモデルとして、一八世紀の後半にフランスに行き、オランダ、ドイツに行って、ついには、ペテルブルクまで席巻する珍妙な**ピクチャレスク**・ガーデンに表れてる。僕は、それはそれで不自然じゃなくて面白い文化じゃないか、そういう自然観を追求していくとどうなるのかという研究を、最終的には『目の中の劇場』でやった。

二世紀間、イギリス人を中心に捏造してきた自然観って、実はけっこう

クロード・ロラン
一六〇〇年ごろ—八二。フランスのバロック〜古典主義絵画の画家。理想の風景を追求する画風で知られる。

ピクチャレスク
一八世紀イギリスで使われた美学上の概念。もともと「絵のような」風景を意味する言葉だったが、アルプス山脈のような具体的な景観との関係の中で、「美」と「崇高」の体系化や「観光」の普及のために援用されるようになった。→p.40, p.65, p.166

強力なものがあってね。そして、そのピクチャレスクな自然観の末裔が万国博覧会の会場だったと思うわけです。

中沢 「ネイチャー」「自然論」は、日本のインテリには評判の悪い言葉だと思います。その理由のひとつは、ネイチャーというのが一種の本質／本質性と結びつきやすいところがあるからでしょう……。

高山 まさに英語でいう「ネイチャー」の矛盾はそこにあるわけだね。字引きを見てあらためて考え込んじゃう。

中沢 絶対性とか、全体性につながってるんだというイメージが、自然にはある。たしかに戦前の自然という言葉の中には、必ず人間の根源的なもの、本質的なものが自然だという思考があった。これは完全にドイツ観念論のいう自然ですね。**シェリング**たちがいう根源的な自然という言葉の中にある、一種の本質論的な考え方が大きくこの言葉の語感に影響を与えた。

ただ、イギリスの面白さというのは、むしろ本質論的じゃなくて、断片でできているところでしょう。ギリシャやローマの自然の破片を集めてくる。イングリッシュ・ガーデンの中にはその破片がころがっている。

高山 あれ、カタログまであるんだよね（笑）。ギリシャ、ラテンの廃墟のカタログがあるんだよ。それから組み合わせて、どうぞ注文してくださいっ

シェリング
フリードリヒ・シェリング。一七七五―一八五四。ドイツの哲学者。ドイツ観念論の思想家のひとり。著書に『超越論的観念論の体系』『自由論』。

て。中沢さんもお好きな**バルトルシャイティス**の『アベラシオン』に出てて、腹の皮よじれちゃった。

中沢　だから、最初から自分たちのネイチャーは断片だという意識があるんだ。イギリス人のいうネイチャーには、ドイツ哲学がいう自然というものの持っている本質性がない。日本の自然とかエコロジーにも見られるように、そっちに流れていく思考方法の中にはやっぱり人間の根源的な本質を象徴的にいうために、自然という言い方をする。これに対してイギリス的な、破片的な、断片自然というものが存在していますよね。『雪片曲線論』でいいたかったのは、むしろ自然というのは本質じゃなくて、フラクタル図形のような破片の集積でできているということでした。そのこととイギリスのネイチャーという言葉の持っている異様性は、根本においては共通なんだと、あのころから思ってました。

髙山　なるほど、つながった。いやいや、それを聞きたかったのよ、実は（笑）。なにしろイギリス庭園ていうのは誤解があるんだよね。結局、所有欲を視覚的に満たす、広々とした英国芝《ターフ》が、自分の窓の下からずーっと向こうの丘のかなたまで広がってるのがイギリス庭園だというイメージがあるらしいんだけど、それはむしろ英国式庭園の最終段階だね。要するに土

バルトルシャイティス
ユルギス・バルトルシャイティス。一九〇三—一九八八。リトアニア生まれの美術史家。「逸脱」という視点からヨーロッパ文化史を構築しなおした。著書に『異形のロマネスク』『幻想の中世』。→p.47

地所有の階級が、こういう庭がほしいんだよ、と言い出すのに対応して出てきたわけで、それをまた英語は非常にアンビヴァレントなことに「インプルーヴ（improve）した」なんてぬかす。だけど、それに「インプルーヴ」される前の半世紀、イギリス人がとち狂っちゃった破片のというか、借り物のフラクチュラルな自然を問題にしないといけない。その後、われわれに影響を与えている庭園観とか風景はその半世紀に作られたと思う。その後の広いターフの英国式庭園なるものは、イギリスのエスクワイアのために作られた不動産にすぎない。しかしいま、インプルーヴされる前のイギリスの異様な庭園を見に行こうと思っても、全部ゴルフ場にされていてもう跡形もない。**ピーター・グリーナウェイ**の『英国式庭園殺人事件』なんか見て、なるほどとずいぶん感心した。

ピーター・グリーナウェイ
一九四二―　。イギリス出身の映画監督・脚本家。画面構成、作劇上の独特の美学を特徴とする。監督作に『英国式庭園殺人事件』『ピーター・グリーナウェイの枕草子』。

ドイツ・ロマン主義の自然観

中沢　イギリスの自然観はたしかに風変わりなものだけど、もうひとつの自然論といえば、やっぱりドイツですよね。ドイツの自然論というのはロマン主義と深く結びついて、自然という言葉にあれだけの深みを与えたわけですが、ドイツの自然観の発達というのはイギリスと好対照ですね。なかでもシェリングは非常に面白いと思っているんです。

高山　中沢くんはやっぱり本格派ロマンティークだね。

中沢　ドイツ人の中にはもともとあるんでしょ、自然哲学を作りたいって欲望が。

高山　僕もそこはすごく興味があるんだけど、それはたとえば鉱山が多いとかの物理的な原因があるのかな。

中沢　〈森〉の問題も非常に大きいと思うなあ。あと、それについて深く考えざるを得ないような思想の歪みを、ドイツ観念論全体に作りだした哲学者がいた。カントです。カントがあれほどの先験哲学の達成をやった。これはさっきのユダヤ性の問題と深くかかわりがあるんだと思うんです。自

鉱山→p.70

カント→p.77

然というものが人間の先験的なものの投射として形成されるという哲学が、あれだけ精緻に構築されたあと、その反動として自然の問題が出てくるのは当然です。**フィヒテ**はその先験的なものと自然を統一しないといけないという主題を立て、それをシェリングがさらに自然哲学の方にひっぱってくる。カントが触媒を投げ込んでいるんだと思います。

高山 すごい。なんだか一発でわかっちゃった気がする(笑)。鉱山技師とか、ふだんは帳簿つけてるような地方公務員がみんなメルヒェンを書くようになるわけでしょう。ドイツの場合にはなぜ実務のエンジニアがみんなロマン派になっていくのか、ほんとうに面白い。

中沢 あと職人がなるでしょ。たとえば**ヤーコブ・ベーメ**みたいな靴屋さん。

高山 それだったらイギリスだって**ブレイク**がいるけど、ドイツの場合は地方官僚や官吏だね。**ノヴァーリス**もそうだし。森といわれたけど、僕は〈鉱山〉のイメージでね。たとえばね、よくドイツ人がものを考えるときに、「フェアティーフェン(vertiefen)する」というでしょ。英語でいうとディープン(deepen)だよね。「深めていく」という地層学的なヴォキャブラリーで、それでもって「デンケン(denken)」、つまり「思考する」という意味を表わしていくというのは、これは絶対鉱山技師の、下を向いて掘ってい

フィヒテ
ヨハン・ゴットリープ・フィヒテ。一七六二—一八一四。ドイツの哲学者。啓蒙主義とカントの思想から強い影響を受けながらも、よりそれらを徹底化するために独自の〈知識学〉を構築した。後期、彼の思想には、自我の究極的な根拠を「絶対者」に求める存在論的な傾向が強くなる。著書に『人間の使命』『ドイツ国民に告ぐ』。

ヤーコブ・ベーメ
一五七五—一六二四。ドイツの神秘主義者。近世を代表するシレジアの神智学的神秘思想家。錬金術やカバラの用語を駆使した彼の著書は詩的躍動感にあふれ、その文体はバロックやロマン主義の文学に大きな影響を与えた。著書に『アウローラ』『キリストへの道』。→p.34

く文化だろうと僕は考えていてね。

中沢　子供のころ、すごく疑問だったのは、『白雪姫』の七人の小人は昼間は何やってるんだろう、ということ。ハイホー、ハイホーなんていいながら出かけて行き、それで夕方になると、ハイホーなんて戻ってくる。その間彼らはいったい何をしているのかというのが、疑問だったんですが、鉱山の問題、錬金術的な問題がそこにからんでいると知るに至って、子供時代の疑問は解けました（笑）。

髙山　**ポイケルト**なんかの影響を受けた**種村季弘**さんは『怪物の解剖学』の中でも、ドイツ・ロマン派をルネサンスのころの魔術的な自然観がリヴァイヴァルしたというかたちで位置づけてるけど、中沢さん、その辺はどうなの？

中沢　ハイデガーは開いていくものとか明らかにするものについて、自然論、ピュシス論を使って展開します。それは〈**ポイエーシス**〉とかかわっていて、ポイエーシスはアレテーアであり、それは暗いところに隠されてあったものが明るみの中に開かれていく、みずからを明るみに出していくという。ハイデガーはドイツ人が持ってる深さの感覚と、ギリシャ人の持っている明るみに出していくということとを結合して、うまいところに自然

ブレイク
ウィリアム・ブレイク。一七五七—一八二七。イギリスの画家、詩人、銅版画職人。『ミルトン』の序詞に曲がつけられた「エルサレム」は聖歌として広く親しまれている。

ノヴァーリス
一七七二—一八〇一。ドイツ・ロマン主義の詩人・作家・思想家・鉱山技師。本名、フリードリヒ・フォン・ハルデンベルク。初期ロマン主義の中心人物のひとり。著書に『夜の賛歌』『青い花』。
→p.70, p.83

ポイケルト
エーリッヒ・ポイケルト。一八九五—一九六九。ドイツの民俗学者。魔女が使ったという薬物を自ら調合して人体実験を行った。

種村季弘
たねむら・すえひろ。一九三三—二〇〇四。ドイツ文学者、評論家。ヨーロッパの異端文学、美術などに造詣が深く、仏文学者・

を定着させたような気がするんですね。**ヘルダーリン**もドイツ語／ドイツ民族こそ、古代ギリシャを実現するものであるという。ちょっと眉唾めいた発言だけど、真理があるんですよね。それはどっちも垂直性を持っている。深みから明るみに上がってくるものについてのギリシャ的な真理観と、ドイツ人の深まっていくもの、どっちも垂直性を持っていて、これはイタリア人の商業経済的な配分の思想、配分流通、それからオランダふうの運河の配分流通の考え方とは違うものがあります。

高山 ふむ。実によくわかる。やっぱり天才なのね（笑）。そう、イギリスなんかはもう全然。周りが海だからね。水平的にならざるを得ない。中沢さんのどの本を読んでも、「森」が出てくるよね。**フランシス・ベーコン**の『森また森』の遠い正系だね。また中沢新一伝になっちゃうけど（笑）。『森のバロック』の著者は山梨にいくつぐらいまでいたの？

中沢 高校生までずっといました。でも僕のいたあたりには森なんかなかったですよ。林真理子はいたけど（笑）。

高山 山梨ってけっこう厳しいけど、自然は豊かだよね。

中沢 そうですね。でもむしろ先ほどのお話でいうと、金山、鉱山、あのイメージが僕には非常に強いですね。

評論家の澁澤龍彥とともに、幻想文学というジャンルの確立に努めた。著書に『吸血鬼幻想』『薔薇十字の魔法』。→p.44, p.119, p.189

ハイデガー→p.84, p.163

ポイエーシス
古代ギリシャ語で「制作」「創造」「作用」の意。「アレテーア」は同じく「真理」。

ヘルダーリン
フリードリヒ・ヘルダーリン。一七七〇―一八四三。ドイツの詩人、思想家。古典主義とロマン主義の間にあって、いずれにも属さない独目の創作活動を行った。著書に『ヒュペーリオン』『エンペドクレス』。

フランシス・ベーコン
一五六一―一六二六。イギリスの哲学者、神学者、法学者。「知識は力なり」という格言で知られる。著書に『ノヴム・オルガヌム』『ニュー・アトランティス』。『森また森』のタイトルペー

高山　**日本浪漫派**の本拠地だな。中里介山から連合赤軍にいたる（笑）。

中沢　変なローマン派ですよ。あの自然は僕に影響を与えてるかもしれませんね。さっきの「スピード」の話でいえば、川の流れがとにかく早いんです。息せき切って慌しく流れていく水が自分の中に深い印象を残してますね。自分もこの水のように、息せき切って駆け抜けていき、そして死ぬ前あたりにゆったりと流れることになるだろうという（笑）。

高山　あはは。うまいなあ。

ジでは、「ヤハウェ」の四子音文字から発せられた光が地球に降り注いでいる。

日本浪曼派
にほんろうまんは。一九三〇年代後半に保田与重郎らを中心として創刊された文芸同人誌、及び同誌で活動した一派。また「日本の伝統への回帰」を旗印とした文学思想。後に同人に、太宰治、檀一雄らが加わった。

日本庭園の〈垂直性〉

中沢 水平と垂直ということに関していうと、庭園というのは〈垂直性〉のものだという意識が強いです。地面から石が露出してくるものだという感じが非常に強い。身のまわりには岩と石の遺跡が非常に多くて、いろんな遺跡を見ていたせいかもしれないですね。露出した巨石の周りに庭園を作る。それからずいぶん勉強して、庭園師が、石立僧と呼ばれていたと聞いたときは、僕はハーッと思った。

つまり日本の庭というのは、まず石を立てることから始めるんですね。最初は石立僧たちがまず地面に石を出現させるわけですね。それがあって初めて庭園という空間ができてくる。この空間を今度は自然の複雑さにしたがって織り込んでいくというのが、日本の庭園思想の中にはある。この庭園の持っている垂直性のものというのがイギリス庭園にも、フランス庭園にも発見できないものです。

髙山 そのことは中沢さんの『虹の理論』で知って非常に驚いた。あれ、個人的には『雪片曲線論』より好きだけど、とくにあの「作庭家の手記」はすごいよ。**林達夫**より断然前へ出た（笑）。そう、そのとおりフランス庭園はものすごく広がっていくわけだね。

中沢　庭園術というのが、フランスの場合、幾何学なんですよね。すでに平面ができている。イギリスの場合のおもしろさは、この平面が両脇で非ユークリッド幾何学みたいに崩れ落ちていたりして、断片化してしまう。そこは僕の興味を引きつけたけれども、日本の庭園の思想みたいに石を立て、空間を作り出すというところから始める庭園は少ない。

イギリス庭園の場合は、人間が空間を作り出していくプロセスには注目していなかったような気がするんですね。それはもう既定の事実としてあって、人工的な自然をいかに複雑に織り込んでいったり、畳み込んでいくかということを、イギリス庭園はやってきている。ここにも日本庭園の場合のような「無」の問題は主題化されていない。

高山　日本の庭園はとても形而上学的ですね。ドゥルーズの「襞」に通じる。イギリスの場合はなんのかんの理屈つけても、恥ずかしいほど政治的なものだ。たとえばひとつの例を出すと、**ホイッグ党**が**トーリー党**を駆逐するでしょう。次の日に何が起こるかというと、トーリー党の庭師がクビになるんだよ。ホイッグ党の庭師が即、就職してくるんだよね。まず政治

林達夫
一八九六―一九八四。思想家、評論家。西洋精神史、文化史、文明史に造詣が深く、百科全書派の学者として有名。著書は『文藝復興』『歴史の暮方』。→p.116

ホイッグ党、トーリー党
両者ともイギリスの政党で、ホイッグ党は自由党及び自由民主党の前身、トーリー党は保守党の前身。

の交代を作庭術で表現する。恐るべき非形而上学的な、政治的なものなんですよ。

中沢 日本の庭園はドゥルーズのいう「理念」に近くて、とても形而上学的なんです。そのことをいちばんよく理解していたのは、**田辺元**ですね。田辺元のものはかなり集中的に僕も関心を持って読んだけれども、彼はこの垂直性の問題をもっとも重要なテーマだと考えていたみたいですね。それが**西田幾多郎**の場所論を批判するときの、彼の根本的な立脚点です。

高山 垂直性のものといわれるけど、それってカトリックにはありますか。

中沢 **シモーヌ・ヴェイユ**をカトリック思想家だとすれば、彼女にはありますす。ただ、ライプニッツのモナドという考え方などはかなりこれに近い発想です。バロックには全体的にその発想があるんじゃないですかね。

高山 バロックについては、中沢さんと一度まとめて話しつくしたいな。

田辺元
たなべ・はじめ。一八八五―一九六二。哲学者。新カント学派の影響をうけて科学批判を展開。また、ヘーゲルとマルクスを研究・批判し、独自の絶対弁証法を提唱した。著書に『哲学通論』『懺悔道としての哲学』。→p.59

西田幾多郎
にしだ・きたろう。一八七〇―一九四五。哲学者。東洋思想の絶対無を根底に置き、それを理論化して西洋哲学と融合する西田哲学を樹立した。京都学派の創始者としても知られる。著書に『善の研究』『哲学概論』。→p.58

シモーヌ・ヴェイユ
一九〇九―四三。フランスの哲学者。教員となったのち工場での労働を経験、さらに政治活動に参加した。著書に『工場日記』『重力と恩寵』。

自然と〈技術《てわざ》〉

中沢　もうひとつ自然ということについての重要な問題は技術のことです。庭の問題もそうですけど、〈手技《てわざ》〉ということですね。技術の問題を抜きにして、この自然の問題を語っちゃだめなんだというのは、僕はほんとにこころに言い聞かせていますす。それは**レヴィ＝ストロース**を読んだときですよ。あの人は要するに現代美術をみんな否定しちゃうでしょ。印象派から以後は全部だめだっていうんですよ。で、何がいいのかというと、やっぱりダ・ヴィンチとか**デューラー**のような……。

髙山　マヌス、マニュアル、マナーにマニエリスム。手技派だ。

中沢　手技なんです。それはつまり精密な観察と、それを実現するだけの技術と科学を持った絵画がヨーロッパの中では王道としてあったんだということですね。そもそも神話は自然をものすごく観察してますし、それを言葉という道具を使って、ダ・ヴィンチたちが行ったぐらい精緻な自然観察をやっている。そしてその観察にもとづく認識を表現できる技術と知識があった。ところが顔料の問題とか、遠近法をどう操作するか、利用するか

レヴィ＝ストロース
クロード・レヴィ＝ストロース。一九〇八—二〇〇九。フランスの哲学者、社会人類学者。構造主義の祖とされ、ラカン、フーコーらに影響を与えた。著書に『悲しき熱帯』『構造人類学』『野生の思考』。→p.45, p.68, p.83, p.110

ダ・ヴィンチ→p.3

デューラー
アルブレヒト・デューラー。一四七一—一五二八。ドイツの画家、版画家、数学者。イタリア・ルネサンスの伝統にしたがいつつ、ドイツの宗教的な情緒を反映させた独特の境地を開拓した。

という問題に関しての科学の問題を、印象派以後は放棄してしまう。これによって、芸術というのは命をなくす、と彼はいうわけです。

僕は**カンディンスキー**とかも好きだったから、最初はこのおじいさんはどうしてこんないやなことをいうんだろうって違和感があったんですけど、いろんなことを考え、体験するにしたがって、彼がいうことは正しいかもしれないと思うようになってきた。

つまり一九世紀末のオカルティストやカンディンスキーだったら「四次元」といってしまうようなことを、おそらくダ・ヴィンチはとらえてますね。しかもそれを概念ではいわない。技術でそれを見えるようにできた。ところがカンディンスキーになると、同じことをいうのに神智学を持ってこなければならない。これが近代人の自然を扱うときの技術の喪失と深くかかわっている。

髙山　手と頭が分かれちゃったんだね。根元的な「アルス（ars）」が「技」と「芸」のふたつに分離してる。

中沢　分離しちゃってるんですね。だからカンディンスキーの作品を見ると、僕は今はもうほんとに痛ましい感じがするんです。**パウル・クレー**はそこにとても近いところから出発しながら、しかしそれを超えていきますね。

マニエリスム
→p.68, p.125, p.189

カンディンスキー
ワシリー・カンディンスキー。一八六六―一九四四。ロシア出身の画家、美術理論家。抽象絵画の祖とされる。

パウル・クレー
一八七九―一九四〇。スイスの画家、美術理論家。カンディンスキーらとともに青騎士グループを結成、バウハウスでも教鞭をとった。

高山　あれはほんとに手の画家。ダ・ヴィンチもそうだけどクレーって両手で描く。右でデッサンしながら、左で色を塗っていくんだから。

中沢　パウル・クレーの素晴らしさは、さっきの髙山さんのイギリス庭園の話とよく似ていて、なんとか本質主義からすり抜ける努力をしてますね。抽象でもモンドリアンたちが本質主義のほうに行くでしょう。だから、クレーの想像力の中の自然は断片ですよね。

高山　それは面白い。最近わかったけど、デジタル、デジタルっていうけど、もともと「手」って意味なんだよね。「ディジット」というのは指っていう意味だから。「手」から離れることが「デジタル」だと思い込んでいる人が多いけど。根本的に違ってるよね。

啓蒙時代を「現代思想」で見直して、その結果、中沢さんとよく似た気象学のほうに行きかけてる人に**バーバラ・スタフォード**がいますが、そのバーバラ・スタフォードが、一八世紀の終わりまではデジタル文化があった、一・二・三・四・五と指で数える文化があったんだろうという。たとえば**シャルダン**を例にあげて、今では印象派の先駆者なんていわれるけれど、彼のように、指先でドゥー・サムシングすることがストレートに絵画になるなんてことが、ほかの画家に起こったか、というところから始めて、いま

バーバラ・スタフォード
一九四一―　。アメリカの美術史家。初期モダンから現代のデジタル・メディアに至るヴィジュアル文化を縦横無尽に分析する。著書に『アートフル・サイエンス』『ボディ・クリティシズム』。→p.96

シャルダン
ジャン＝シメオン・シャルダン。一六九九―一七七九。フランスの画家。実直かつ迫真的な写実表現が有名。

のコンピュータ文化に直結するはずだったものが一八世紀の後半で途切れたんだということを書いていて、すごくびっくりした。

中沢 だから、手を扱う、自然を扱う人間は本質的に非／反＝デカルト主義者ですね。科学理論ふうにいうと、**アフォーダンス**的な生き物です。自然というのも流動している織物のようだし、人間という生体も織物のようになって、そこへ感覚器を突き出して、力の流れをたえず変化させている。そのふたつの織物、これは強度が違う織物が接触し合うわけですけど、その接触の行われる境界面で造形ということが行われる。技術は基本的にアフォーダンス的な世界観がなければ不可能なことなんだと思います。

この手技という問題も、そうそう簡単に習得できるものじゃなくて、ダ・ヴィンチや日本の狩野派の絵にしてもそうですが、習得されたものというのはたいへんな技術だし、そこに蓄積される自然の観察と、会得されるもの、コツなどは、全部このアフォーダンス的生命論にかかわっています。

髙山 まさしく、そう。いつごろそういうのがなくなるんだろう。僕の考えだと一八世紀末ぐらいまであったと思うんだけど。調べてみたら、当時はまだ画家が「マシニスト」と呼ばれてる。機械のマニピュレーターってわけだ。一九世紀になって突然、画家がパントル、絵画がパンチュールに

アフォーダンス
「afford」（〜を与える、〜することができる）という言葉からアメリカの心理学者ジェームズ・ギブソンが作った概念で、「環境が動物に対して与える『意味』」をさす。たとえば、人が泳ぐとき、水は人に泳ぐことをアフォードしている、と考える。

なる。

中沢　やっぱり印象派ぐらいからですかね。

高山　だけど印象派って、けっこう科学者が多いんじゃない。**スーラ**は中沢さんに似てるんじゃないですか(笑)。スーラの絵は連続しないんですよ。全部粒子が孤立する。

それにしても、中沢さんがマシニズムの世界に近いというのは、『目の中の劇場』の著者としては実にうれしいね。

中沢　僕、もともとマシニストですよ。

高山　じゃあ、たとえば、**ピラネージ**大好き？

中沢　大好きです。

高山　ピラネージの同時代に結局、気象画家、雲とか蒸気とかを描くアトモスフェリックな画家が突然たくさん輩出するんです。昔は雲のことはただ「クラウド」と呼んでいた。それが**リューク・ハワード**が一八〇三年だかに雲の理論を発表して、初めて層雲や積乱雲がどうしたとかいう話になる。そこから本格的にロマン派が気象化していくんですよね。**ユベール・ダミッシュ**の『雲の理論』が早く邦訳されなくちゃあね。

中沢　ローマ時代はどうだったんですか。ローマ時代のメテオーレ／気象

スーラ
ジョルジュ・スーラ。一八五九—九一。フランスの画家。光学理論に基づき、点描画法を確立した。

ピラネージ
ジョヴァンニ・バッティスタ・ピラネージ。一七二〇—七八。イタリアの画家、建築家。遺跡や都市を細密に描いた版画でも知られる。

リューク・ハワード
一七七二—一八六四。イギリスの化学者、気象研究者。雲の分類と呼称の基礎を作った。

ユベール・ダミッシュ
一九二八—　。フランスの哲学者・美術史家。哲学と芸術の接続をめぐる思索を続ける。著書に『スカイライン』『パリスの審判』。『雲の理論』は、後に法政大学出版局より邦訳。

は。

高山 全部ただの雲ですよ。**プリニウス**のやつ、地べたしか見てない（笑）。だから、リューク・ハワードが一九世紀初め、高さによって雲のでき方が違うとか、初めて記述したんですよね。**ワーズワース**たちはそれまで「おお、雲よ」なんていってたのが、今日の層雲はどうしたとか、今日の積乱雲は私の心をなんとか、という具合になる。雲ひとつとっても、文学と科学が対置されるものじゃ歴史的には全然ないんだよね。

プリニウス
ガイウス・プリニウス・セクンドゥス。二二／二三―七九。古代ローマの博物学者、政治家、軍人。ローマ帝国の海外領土総督を歴任するかたわら、『博物誌』を執筆した。

ワーズワース
ウィリアム・ワーズワース。一七七〇―一八五〇。イギリスの詩人。コールリッジと並んで代表的なロマン派詩人のひとり。

文学と科学、そして〈無底〉へ

高山　最初の話のバルザックに帰ってみようか。僕はバルザックは科学者として見てるんだ。

中沢　そうですね。非常にゆったりした科学者ですね。

高山　それはいい形容だね。ディスクリプションの問題だね。描写というのはつまり早く行きたいというのを、どうやって遅くするかという技術でしょ。あるスピードをコントロールする技術だと思う。

中沢　**プルースト**の遅さもそのことに関係してますね。プルーストも深く科学というか超科学というか、そんなものに関係してますね。

高山　そう、光学狂いのマシニスト（笑）。なんとなく世態風俗の活写、なんてばかな文学者はいなくなると思うんだ。そもそも観察という行為自体がたいへんな科学的パラダイムでしょう。科学に逢着しない作家なんて、僕にいわせればばかですよ。**『リング』**や**『らせん』**が文学じゃないなんて「純」文学者がいってるのなんて見てると間抜けよ（笑）。

たとえばソリッド・モデルに科学が動かされている時代って、いわゆる文

バルザック→p.3, p.93, p.159

プルースト
マルセル・プルースト。一八七一―一九二二。フランスの作家。代表作の『失われた時を求めて』は、流麗な文章と「意識の流れ」の技法をもってベル・エポックの風俗を描いた大長篇小説。→p.45, p.159

『リング』『らせん』
どちらも鈴木光司作のホラー小説。『リング』（一九九一）は九三年に文庫化されてから大ヒットを記録してシリーズ化され、さらには映画化、次にハリウッドで映画がリメイクされこれも大ヒットを記録した。『らせん』（九五）はシリーズ第二作にあたる。

学もやっぱりソリッドですね。それを単にパラレリズムとか、なぜか似てるみたいな表現じゃなくて、中沢さんがやったように、もうひとつの現象を書くと、同時にそれが文学でもあって科学でもあるというような捉え方をしないと一九世紀以降はもうだめなんだろうと思う。

中沢 ミシェル・セールが**エミール・ゾラ**論を熱力学で書いてます。つまり熱力学にはふたつの表現方法があって、ひとつは**クラウジウス**みたいな科学的な表現法で、もう一方はゾラの**ドレフュス事件**に対する政治的な行動も含めた熱力学の政治学というものがある。そのふたつを並べても、文学と科学は対立しない。

高山 セールにあたる役を英米圏で果たしたのがシューエル、そして**ラヴジョイ**・サークルでした。中沢さん、ひょっとしてラヴジョイの弟子の**マージョリー・ニコルソン**はお好きですか。

中沢 知りません。

高山 ふうん。文学といわれるものの基本的な作業は描写なんだけど、その描写がいかに科学に影響を受けて、あとは精密になっていくかということを論じている。それを文学プロパーの人はあっさり「リアリズムの出現」とかいうけど、そんな簡単なもんじゃない。だから、ニコルソンは顕微鏡

ミシェル・セール
→p.4, p.67 p.145

エミール・ゾラ
一八四〇—一九〇二。フランスの作家。自然主義文学の代表的存在。ゾラのいう「自然主義」とは、実証的な自然科学の手法を文学に取り入れたもの。著書に『居酒屋』『ナナ』。

クラウジウス
ルドルフ・クラウジウス。一八二二—一八八。ドイツの物理学者。熱力学第一法則・第二法則を定式化、エントロピー概念の導入など、熱力学の基礎を築いた。

ドレフュス事件
一八九四年にフランスで陸軍砲兵大尉アルフレド・ドレフュスが逮捕された冤罪事件。真犯人がわかっても軍は権威失墜を恐れてもみ消しをはかったが、一八九八年、ゾラが「私は弾劾する」という大見出しによる公開質問状を新聞に発表、フランス世論を二分する展開となった。

の発明以降の文学言語は一変するんだという。

中沢　そうですね。ライプニッツも顕微鏡の問題ですからね。自然のいろんな表現があるけども、僕がいちばん好きなのはやっぱり底がないっていう表現です。〈無底〉、底なし。

髙山　ボトムレス。本来は〈崇高美／サブライム〉も底がない、下に向かって境界がないという意味なんだよ。「境」より「下」ってわけだね。

中沢　ヤーコブ・ベーメの、「グリュント（底）がないもの」という自然論です。

髙山　そうだね、ウングリュント、もしくはアップグリュントだ。中沢さん、ほんとうに無底っていうのは好きそうだね。きみのあの素晴らしいレーニン論もそうだったね。

中沢　レーニンもそうです。無底の世界では人間に起こることの座標が取れない。座標が取れないどころか、距離すら計れないんですよ。この無底の世界で起こることを哲学的な表現までもっていきたいと思っています。これは、すでに数学では、位相数学というかたちで二〇世紀の初めに行われました。ドゥルーズの提起した問題でもっとも重要な点というのは、やはり自然を捉えるのに、この位相数学のポジションがまだ実現できていな

シューエル
→p.4, p.83, p.97, p.160

ラヴジョイ
アーサー・ラヴジョイ。一八七三―一九六二。アメリカの哲学者、歴史家。「観念の歴史」という分野を確立したことで知られる。著書に『存在の大いなる連鎖』『観念の歴史』。→p.54

マージョリー・ニコルソン
一八九四―一九八一。アメリカの英文学者。科学が文学的想像力に及ぼした影響について論じた。著書に『月世界への旅』『暗い山と栄光の山』。

ライプニッツ→p.6, p.68

ヤーコブ・ベーメ→p.192

レーニン→p.192

いということです。すると無意識の問題とか、生命なんてふつう呼ばれている問題の理解のしかたも、変わってこざるを得ないだろうと思うんです。だから、自然について、自然論なんて出尽くしたと思われていますが、とんでもない。いくつかの庭園、ダ・ヴィンチのいくつかの絵画とか、クレーの絵画とか。その完璧な表現はいくつかなされていますが……。

高山　ピラネージも入れてよ。

中沢　いくらでも入れます（笑）。それから**フォンテーヌブロー派**のいくつかの作品とかも入れていいですか。

高山　マニエリスム！　なんだ、中沢くん、僕のお友達じゃないですか（笑）。

中沢　あと**ヴェルレーヌ**の詩とか、**ランボー**も入れてもいいですけど。そういうかたちで完璧な表現は少しはありますが、人間が自然というものを理解したとはとてもいえないですね。いまだ表現にすらたどり着いてない。おまけに、批評的な精神を持った人間たちにとって自然は、さっきいった本質主義につながるような、反動的な概念だと思われています。でも、とてもそんな簡単なもんじゃないってことは、こういう機会をつくってもらったから初めていえることですけど。

高山　人間の内面のことを「ヒューマン・ネイチャー」という。僕が「人間

フォンテーヌブロー派
フランス・ルネサンス期に宮廷で活躍した画家のグループ。「ガブリエル・デストレ姉妹」などが有名だが、作者は不明である。

ヴェルレーヌ
ポール・ヴェルレーヌ。一八四四―九六。フランスの詩人。マラルメ、ランボーらとともに象徴派を代表する詩人。著書に『愛の詩集』『叡智』。→p.45

ランボー
アルチュール・ランボー。一八五四―九一。フランスの詩人。ダダイスト、シュルレアリストに影響を与えたほか、日本では中原中也、小林秀雄、金子光晴らが翻訳した。著書に『地獄の季節』『イリュミナシオン』。→p.39

の自然」と訳していたら、あるとき、これは決まり文句で「人間性」のことだって怒られてね。そんなこと知ってる。その上で「ヒューマン・ネイチャー」をなぜあえて「人間の自然」と訳してはいけないんだ。今日お話ししていてわかったけど、ドイツ・ロマン派の仕掛けたひとつの批評的な策謀なんだな（笑）。ネイチャーが本質であると同時に自然だという、その擬人観的ないい加減さが問題なんだね。

第2章

カタストロフィを突き抜ける〈3・11以降〉を生きるために

絆と「ピクチャレスク」

高山　僕は、岩手の久慈《くじ》の生まれだから、東日本大震災のことで言いたいことはいっぱいあるんだよ。ある人の集会に呼ばれて、今日のテーマは『3・11』だといわれたときに、「ちょっと悪いんだけど、今度学生デモするから2月26日に集まれという意味で『2・26』って言うのと同じ感覚で震災のことを『3・11』と言うような人とは、残念だけど一緒にしゃべることはできません」と言って、その集会をドッチラケさせたことがあるよ。

中沢　カッコいい（笑）。

高山　いや、カッコつけていったわけじゃなくて、口をついて出ちゃったんだ。

――確かに阪神・淡路大震災はそういうふうにいわないですものね。

高山　「9・11」はよその国のよその事件だからそれでコミュニケートできるけど、「3・11」じゃコミュニケートできない日本人が実はかなりいると思うんだね。だから、この対談の主旨にしても、「3・11」以降どうなった

＊――初出『MEIDAI BOOK NAVI 2013』特集「〈3・11以降〉を生きるための3冊」、二〇一三年三月、明治大学出版会。

かという問題とは切り離さないとほんとうはダメなんだけど。

中沢　あの地震以降、それについての本も出たし、語ることもいっぱい出てきたけれども、**深沢七郎**みたいな人は出てこなかったね。

髙山　そういえば、深沢さんって、中沢くんと同じ山梨の人だよね。

中沢　うん。僕にとっては深沢七郎がけっこう大きい存在でね。あの人が描いている叙情性のなさ。というか、人間性を吹っ飛ばしているところがあるでしょ。あれと、若いときに読んだランボー。ふたりとも自分の中ですごい影響を受けていて、ヒューマニズムとか叙情性を吹っ飛ばしてしまったときに見えてくる裸のものとか、裸の世界との出会いだけが本物なんだという考え方がずっと僕の中では生きている。そういうものが出てこないということは、いまの日本の知的状況の中に何かを覆い隠す、偽善ていうのかな、そういう抑圧が蔓延してるということなんだろうね。

髙山　いや、偽善だと僕も思うよ。北野武がこの間『アウトレイジ ビヨンド』っていう映画を作ったけれど、なんで作ったかというと、「俺は『絆』という言葉を聞くたびにムカムカする」というのね。絆の社会でありながら、みんなのいう『絆』から一番遠い世界っていうのがこれだっていうんで、ヤクザの世界を取り上げたらしい。

深沢七郎
一九一四―八七。小説家。姨捨山の伝説をもとにした『楢山節考』でデビュー、日本の民衆の赤裸な姿を描き続けた。その他の著書に『笛吹川』『庶民烈伝』。
→p.63

ランボー→p.35

中沢　ヤクザってものすごい絆の世界だからね。

高山　絆といいながら、いざとなったらバチバチ切っちゃうしね。その話を聞いたとき、そうだよなぁと思ったね。僕もそういう気分が片方でものすごく強いんだ。だから僕も、意図的に地震のことは書かないことにしちゃった。

中沢　僕も震災のことは書かなかった。書いちゃいけないと思ってね。

高山　僕もそう思う。一八世紀からイギリス人が発展させてきた「ピクチャレスク」という美学があって、今度の福島の問題なんか、景観としてはまさしくピクチャレスクなんだけど、これは今回僕は禁じ手にしちゃった。それをやったら、福島を歴史というストーリーの中に入れちゃうことになる。福島観光地化なんていいだしちゃいかねない。

中沢　写真家の人が、すぐ福島に行って写真撮って、写真の中に自分史を入れちゃったりするでしょ。こういうことはしちゃいけないなと感じました。

高山　そうそう。こういう事態に対する批判というのもわかるけど、**ナオミ・クライン**のいうディザスター・キャピタリズムみたいにやっぱり広い意味のイデオロギーをちゃんと勉強しないと、今どき災害のガレキ風景を論

ピクチャレスク
→p.14, p.65, p.166

ナオミ・クライン
一九七〇―　。カナダのジャーナリスト。反グローバリズム論を展開。『ショック・ドクトリン』では、「ディザスター・キャピタリズム（惨事便乗型資本主義）」、すなわち「大惨事につけこんで実施される過激な市場原理主義改革」を告発した。その他の著書に『ブランドなんか、いらない』。

ターナー「ミノタウルス号の難破」

コロー「モルトフォンテーヌの思い出」

じることなんてできないよ。今度の福島の光景とか、撮った絵とか、写真とかの扱いって、けっこう難しいと思う。

中沢　僕は**ターナー**の絵を初めて見たときに衝撃を受けて、それ以来彼の絵をずっと見続けているんですが、単なる風景画なんだけど、どこかに必ず大事件が入ってるんです。難破しているところとか、火事とか。

髙山　だいたい船が沈没するんだよね。そこにクジラが当たるという(笑)。

中沢　イギリス人って、風景を描くときに必ずそこにカタストロフィを入れるんだね。

髙山　そう、そしてそれがピクチャレスクになった。

中沢　それが自然の脅威であり、一九世紀になるとそれが科学への関心の方向へ発展していく。でも、そういう精神構造というのはフランスにはあんまりない。

髙山　ない。

中沢　**コロー**の絵とターナーの絵とはほんとに対極で、この人たちが自然をどう捉えているかがよく現れている。フランスのコローの方は、恩寵的・贈与的な自然。ところがイギリス人にとっての自然はカタストロフィがセットされている。こんなに違うものがドーヴァー海峡を隔てて対置して

ターナー
ジョゼフ・マロード・ウィリアム・ターナー。一七七五―一八五一。イギリスの画家。ロマン主義を代表する風景画家。大気や光の表現に優れ、力強い自然の姿を描いた。代表作に「トラファルガーの戦い」「戦艦テメレール号」。→p.90

カタストロフィ→p.69

コロー
カミーユ・コロー。一七九六―一八七五。フランスの画家。明るく柔らかい独自の風景表現を確立し、印象派に大きな影響を与えた。代表作に「モルトフォンテーヌの思い出」「青い服の婦人」。

いる。

高山 まさにキーワードだね、ドーヴァー海峡というのが。つまり、実際にたいへんな事件が起きたのはフランスなんだよ。フランス革命にしてもね。

中沢 たくさん首が飛んだね。

高山 それでフランス革命を批判したイギリス貴族が何をしたかというと、世界最初のパックツアー（笑）。公開処刑をツアー組んで見に行ったんだ。あまりにもイギリスの貴族がいっぱい来ていることがわかったもんで、イギリス貴族を立ち入り禁止にしたら、今度は女装してまでやってくる（笑）。それから老人に化けたりね。ひどいのになると、子供に化ける。

中沢 イギリス人が、ギロチンの処刑を見たくないわけないものね。

本を読んでいるときに聞こえる音楽

中沢　高山さんの好きな**グスタフ・ルネ・ホッケ**、よく読みました。また読み直したいんだけど、どっかに行っちゃった。
高山　『迷宮としての世界』、おととし岩波文庫で出したよ。時代かなぁ、すぐ重版。僕が解説を書きました。
中沢　翻訳は種村季弘さんと矢川澄子さんだよね。
高山　ここのところあちこちで復刊の企画を進めているんですよ。学生にあれを読め、これを読めといったって、ものがないんだからね。
――その一方で、新訳ブームといわれて、いろんな本が読みやすいかたちで出直したりしてますが……。
中沢　いっちゃ何なんだけど、僕、昔の訳の方が好きなのが多いんです。改訳の方じゃなくてね。ランボーもいろんな訳が出るけど、やはり**鈴木信太郎**なんだ。鈴木信太郎とか**小林秀雄**のランボーを読むと、**マラルメ**なんかもそうだけど、フランス語のもってる音楽があるじゃない。僕はそこまで

高山宏・選

The Oxford English Dictionary
John Simpson, Edmund Weiner (Ed.)
(Oxford University Press, 1884-1928)

Dictionary of the History of Ideas
Philip W. Wiener (Ed.)
(Charles Scribner's, 1968-74)

『迷宮としての世界』
グスタフ・ルネ・ホッケ
（岩波文庫、二〇一一年）

グスタフ・ルネ・ホッケ
一九〇八－八五。ドイツのジャーナリスト、文化史家。該博な知識を背景に、マニエリスムを論じた。著書に『迷宮としての世界』『文学におけるマニエリスム』。→p.68, p.117

種村季弘→p.20, p.119, p.189

フランス語ができないから、原文を読んでも音楽が聞こえてこないけど、それが訳文の間から出てくるんだよ。ところが改訳だと、ベースになってるのが日ごろ耳に入っているようなロックやら、ラップやらじゃない。そうすると、マラルメの音楽が出てこないのよ。

髙山 あはは、それは正しい。

中沢 鈴木信太郎のランボーとか、**上田敏**のヴェルレーヌとかね。ああいうものでないと快感が湧いてこない。髙山さんにとっても、やっぱり読書って快楽でしょ。

髙山 いいね、その通りさ。今日はその話をしようよ。

中沢 読書は快楽で、音楽が聞こえない本って続かない。

髙山 本を読んでいて出てくる音楽というと何？

中沢 それを意識して書いている人もいるじゃない、マラルメとかプルーストとか。ああいうのは音楽が聞こえるね。今回選んだ本の中だと、レヴィ＝ストロースは音楽が聞こえてくる。ちょっと過激で、とてもいい音楽だね。

髙山 フーコーだってそうだよ。『言葉と物』は完璧にそうだ。さっきラップの話が出たけど、フランス語のラップでフーコーをやるとけっこう面白

鈴木信太郎
一八九五―一九七〇。フランス文学者。フランス中世期の詩やマラルメ、ヴァレリーらを研究。著書に『フランス詩法』『詩人ヴィヨン』。

小林秀雄
一九〇二―八三。文芸評論家。日本における近代批評を確立し、戦前戦後の批評界に大きな影響力をもった。著書に『無常といふ事』『本居宣長』。→p.61, p.125

中沢新一・選

『神話論理 Ⅰ-Ⅳ』
クロード・レヴィ＝ストロース
（みすず書房、二〇〇六―一〇年）

『古代研究 Ⅰ-Ⅳ』
折口信夫
（中央公論新社、二〇〇二年）

『宮沢賢治の世界』
吉本隆明
（筑摩書房、二〇一二年）

いと思うよ。

中沢　面白いと思う。すごく過激な音楽なんですよ、フーコーは。

高山　『言葉と物』の英訳の初版が出たときに、帯に〝**シャトーブリアン**以来の散文詩〟と書かれてあってね。あれ、散文詩なんだよ。そう思って読むと、散文だから韻は踏んでないんだけど、行内韻といって、Ｓの音が一行に七つ出てくる、みたいなことをやっている。だから音読すると素晴らしい。あの英訳が出なかったら、僕はフーコーに縁がなかったな。

中沢　思考っていうものは音楽で、常に持続しているものがなければ、思考とはいわない。言葉の選び方とか、つなぎ方が、思考を断ち切ったりするようではいけないわけです。だから、『言葉と物』などは高山さんに訳してもらいたいな。

高山　復刊シリーズで僕、自分でやろうかな。あれは最初に読んだ瞬間に……いっていい？「俺だっ！」と思った（笑）。俺は不幸だ、先に書かれちゃったわけだからって。そういう本にめぐりあえて幸福でもあるんだけど。

中沢　いいなぁ、そういう言い方（笑）。

高山　ふざけた話だけど、ホッケを読んだときも、「俺だっ！」（笑）。

編集部・選

『ドイツ・イデオロギー』
カール・マルクス／フリードリッヒ・エンゲルス
（岩波文庫、一九七八年）

『夢判断』
ジクムント・フロイト
（新潮文庫、一九六九年）

『言葉と物』
ミシェル・フーコー
（新潮社、一九七四年）

マラルメ
ステファヌ・マラルメ。一八四二―九八。フランスの象徴派詩人。その詩と評論は非常に難解であることで知られている。著書に『半獣神の午後』『骰子一擲』。→p.138, p.160

上田敏
うえだ・びん。一八七四―一九一六。評論家、翻訳家。ボードレール、ヴェルレーヌなど、ヨーロッパ象徴派詩人を紹介した。著書に『海潮音』『牧羊神』。

中沢 何人いるわけだよ、「俺」が（笑）。

高山 何人かいるんだけど、バルトルシャイティスが一番すごかったな。俺だっ！（笑）

ヴェルレーヌ→p.35
プルースト→p.32, p.159
クロード・レヴィ＝ストロース→p.26, p.68, p.83, p.110
フーコー→p.66, p.94, p.146, p.170

シャトーブリアン
フランソワ＝ルネ・ド・シャトーブリアン。一七六八―一八四八。フランスの政治家、作家。フランス・ロマン主義の先駆者の一人。著書に『アタラ』『ルネ』。

バルトルシャイティス→p.16

誰のために書くのか

高山　またちょっと違う話だけど、誰のために書くかっていうことではどう？

中沢　それだと僕はバッハにならないといけないな（笑）。

高山　それもすごいね。モーツァルトは？

中沢　最近はモーツァルトじゃないの。今はバッハの気持ちになって、捧げ物としてやらなければいけない感じがしています、神への捧げ物みたく。

高山　それもいいね。

中沢　後は、**吉本隆明**が読んだとき、これ何というかな、というのはいつも考えるね。

高山　吉本さんって、そんな大きい存在なの？

中沢　大きいというか、自分に近しい思考方法をしてるんです。

高山　けっこうそういうやつ多いんだよ。吉本さんって、半分詩人だろう。

中沢　半分というか、全部詩人。

高山　でも、吉本さんの散文を見ると、詩人から遠いなぁ。何でこんなイ

吉本隆明
一九二四―二〇一二。評論家、詩人。戦後日本の左派を代表する批評家。論評の対象はあらゆる範囲に及び、多くのファンを生んだ。著書に『共同幻想論』『書物の解体学』。→p.61, p.95, p.131, p.156, p.178

デオロギーを振り回すんだろうと思う。彼の詩とうまく結びつかないんだ。

中沢 ケンカ好きだから、ケンカを始めるとイデオロギーに入るんですよ。**宮澤賢治**なんかを書くときはケンカしてない。あの人、絶対宮澤賢治の悪口書かないから、そういうときの文章は最高に素晴らしい。

—— 髙山さんは、誰のために書くかという点ではいかがですか。

髙山 **摩利支天**。

中沢 オンナじゃない(笑)。

髙山 ううむ、だね(笑)。一〇年ぐらい前に事故に遭ったときに、イノシシが夢に出てきたんだ。僕は干支はイノシシなんで、そこで「おまえさん、どこから来たイノシシなの?」っていったら、摩利支天だといって、摩利支天が出てくるんだよ。そういう変な夢を見てね。それから何となく「摩利支天に捧ぐ」とか本に書くようになった。そうしたらみんなが、女の名前が入った洒落なんじゃないかと。

中沢 実はマリという女なんじゃないかと(笑)。

髙山 そうそう(笑)。それこそ東日本大震災のちょうどそのときにゲラを出していて、「摩利支天に捧ぐ」としたんだ。あれ、平和の神でもあるけど、

宮澤賢治
一八九六—一九三三。詩人、童話作家。独自の宇宙観・世界観による作品を発表。作品に『銀河鉄道の夜』『風の又三郎』。

摩利支天
まりしてん。護身や勝利、開運を司る仏教の護法神。陽炎を神格化したもので、その神通力ゆえに姿を見ることも実体をとらえることもできないとされる。

軍神でもあるらしいですね。

中沢　次に選んできた**折口信夫**さんの『古代研究』から、僕はずいぶん影響を受けてきました、書き方という点で。

髙山　彼の場合、こっちは小説、こっちは歌というジャンル分けをあまり感じさせないでしょう。

中沢　感じさせないし、本人もそんなに意識してない。これは学問っぽく書かなければいけないという意識で書くこともあるんだけど、きっと学者は自分のこと評価してないというのがわかるから、そうすると途中から詩人になっちゃう。

髙山　『死者の書』だって、僕は小説だと思ってないな。けっこう大論文だよね。

中沢　髙山さんが選んでる『Dictionary of the History of Ideas』はすごく面白いよね。アイディアがいっぱい詰まってる。

髙山　これは僕が東大に入ったときに出始めたんだね。まさに問題の六八年です。それで**由良君美**っていう英語の先生がときどき授業にコピーを持ってくるんだよ。教材を一カ月四コマぐらいで、だいたい読みきれちゃう。それでちゃんと起承転結になってるっていう教材が出てきて、いった

折口信夫
おりくち・しのぶ。一八八七－一九五三。民俗学者、国文学者、詩人、歌人。マレビト論に代表される研究は「折口学」とも称される。著書に『古代研究』『死者の書』など。→p.72, p.110, p.177

由良君美
ゆら・きみよし。一九二九－一九九〇。英文学者。イギリスロマン主義を専門とする。澁澤龍彥、種村季弘と並び博識をうたわれた。著書に『椿説泰西浪漫派文学談義』『メタフィクションと脱構築』。→p.76, p.110

いこれは何だといったら、この事典だという。結局僕らで『西洋思想大事典』として全訳することになった。

中沢　こういうのは日本では出ないね。

髙山　うん、絶対にね。どうしてだろうね。それが僕、昔からわからない。どうして作らないいんだろう。

中沢　髙山さんがやったら、僕もやるよ。

髙山　僕、「君がやったらやるよ」っていおうとしてた（笑）。

中沢　そういうことといっているから、結局出ないんだよな（笑）。

髙山　いや、でも『フィロソフィア・ヤポニカ』を見ていて、一瞬考えたことあるんだよ。あれが書けるんだったら、日本版『History of Ideas』が書けちゃうし、出せるよなって。

中沢　『フィロソフィア・ヤポニカ』は、もっと拡大しなければいけないんですけどね。

髙山　やろう、やろう。

文化の地滑り状態

高山　中沢くんは理科出身だよね、理科二類でしたっけ。

中沢　生物学でした。

高山　最初のころの反中沢勢力って、理科系の人が多かった。理科の専門だったらそういう使い方をしない言葉がいっぱい出てくるとかいって批判していたわけだ。

中沢　ソーカル批判の先駆けです。

高山　そう、まさに**ソーカル事件**の先取りなんだ。だけど、やっぱり『フィロソフィア・ヤポニカ』を見たときに、それまで理解できなかった**超限数**を理解しようと心から思ったもんね。集合論の特に難しいところなんだけど、超限数、つまり**アレフ**がわからないと、たとえば**ボルヘス**の小説が読めないということに気がついちゃった。中沢くんのやっているのはまさにそういうことなんで、ボルヘス読むのに超限数の知識は当たり前だとわかったら、「超領域」だとかいってること自体がナンセンスだよね。

中沢　それ自体が領域を前提した言い方だからね。その考えが極限までい

ソーカル事件
一九九四年、ニューヨーク大学物理学教授のアラン・ソーカルが、でたらめな科学用語を使った擬似哲学論文を評論誌に送ったところ、それが掲載されてしまい、大きなスキャンダルとなった事件。その後ソーカルは、ジャン・ブリクモンとの共著『「知」の欺瞞』で、人文思想における自然科学用語の無意味な使用法を批判した。

超限数、アレフ
ドイツの数学者ゲオルク・カントールは、無限には異なる種類があることを発見、これを超限数と名づけた。超限数はアレフという記号で示され、濃度の違いによってそれぞれに定義される。→p.70

くと**対称性**になっちゃうのね。対称性というのは、人間が理屈でやっているところだと分離したジャンルに入っていけるんだけれど、それを統合する大もとのメカニズムは対称性ということになってしまう。もし僕が青春の香り高い対称性を主題とした本を三冊選ぶとすると、一冊は**ポー**の『ユリイカ』、一冊はランボーの『地獄の一季節』、最後の一冊は**ガロア**です。

高山 ガロアかぁ。詩人扱いする人はいるよね。やっぱり人生が人生だから。

中沢 彼らが実践しているその対称性の問題の大もとになっていることを僕は考えていて、ガロアがいっている対称性と、ランボーがいっている感覚と音と色彩の対称性、共通感覚、それは同じなんじゃないかなと。その対称性の空間にランボーは飛び出そうとしていたし、ガロアもそこへ飛び出そうとしていた。ポーもね。

結局、僕が人生かけてやりたいのは、その空間に飛び出していくことです。ランボーは早く消えちゃうし、ガロアは殺されちゃうけれど、死なないで、なるべく長生きして、それを大きいものに作りあげたいんだ。その願望だけでやってきているんですよ。だから、理系と文系の違いとかは実はどうでもいいんですよ。

ボルヘス
ホルヘ・ルイス・ボルヘス。一八九九―一九八六。アルゼンチンの小説家。ラテンアメリカを代表する作家のひとりで、幻想的な短篇作品によって知られる。著書に『伝奇集』『エル・アレフ』など。→p.130

対称性
二項がそれぞれに対応しながら均衡を保つという意味だが、ここでは二項の間に共通する属性・関係性を発見し、つないでゆく考え方のこと。たとえば神話の世界では、人と動物の間に確たる区別はなくなり、生と死の世界にも境界はない。中沢新一『対称性人類学』参照。

ポー
エドガー・アラン・ポー。一八〇九―一四九。アメリカの小説家、詩人。ヨーロッパの作家やのちの探偵小説、SF小説に決定的な影響を与えた。著書に『黒猫』『モルグ街の殺人』。『ユリイカ』はポーの最晩年の著書で、宇宙の本質を記述した長篇論考。→p.138, p.159

高山　そう、アートとネイチャーの関係にしても、ラヴジョイも**ボアズ**も、みんなその問題から始まっているから、『History of Ideas』の出発点もそこなわけだ。だから、今の話じゃないけど脱領域だとか、何学部でどうこう、というのをいっぺん全部やめて、明治大学全部が総合講座を三〇〇作って、どこで何を取ろうと、何十単位さえ取ればいい、みたいなことをやらない限り、領域の中でだけ何かいってもダメなんだ。それなりの人で領域の中だけで生きている学者なんかほとんどいないんじゃないか、現実として。だから、今はいいチャンスだと思うね。大震災にかこつけるわけではないのだけど、文字通りの地滑りというか、地崩れが起きたわけじゃない。もちろんカタストロフィがあってよかったみたいな話では全然ないですよ。現代文化そのものが基本カタストロフィな文化なんだね。廃墟狂いのサブカルチャーなんかほとんどそうでしょ。

中沢　サブカルチャーはこれから先もそうですよ。

高山　僕は国際日本学部に来ちゃったら、そのへんがすごく気にかかるね。今の日本が悪いって？　それは悪いよ。だけど、これから東南アジアはみんなそれをリピートしようとしているよね。だからそこは日本が責任もって突破していかないとね、変な話だけど。だけど、今のところうまい手が

ガロア
エヴァリスト・ガロア。一八一一―三二。フランスの数学者。体論、群論、環論の研究を行い、代数学の基礎を構築した。非常に若くして才を発揮し、現代数学に多大な影響を与える業績を残したが、革命運動に身を投じ、投獄、仮出所の後、決闘で命を落とす。→p.138

ラヴジョイ→p.33

ボアズ
ジョージ・ボアズ。一八九一―一九八〇。アメリカの哲学者。アーサー・ラヴジョイとともに「観念の歴史学派」の中心となった。

ないんだよなぁ。

中沢 だからこそ、日本から新しいモデルを作らないといけないね。

高山 今度のEUの経済ピンチなんかを見ても、ヨーロッパ的なものはもう終わったのかな、これからの日本はヨーロッパから学ぶものはないのかなと思う反面、じゃアジアかなと目を転じれば、今まで東京がダメになっていたプロセスを、全部アジアの都会がリピートしようとしているところが見えてしまう。日本はそういう意味ではモデルになってしまう。これが二一世紀だね。

中沢 そう、だからこれから日本からほんとうに違うものが出てくる可能性が出てきたということでしょうね。

高山 皮肉だね。

第3章

思想の百科全書にむけて

京都学派は京都出身ではない?!

中沢　最近テレビで西田幾多郎の番組（「日本人は何を考えてきたのか」第11回「近代を超えて〜西田幾多郎と京都学派」）をやってましたね。見ていて、なんか不幸な気持ちになっちゃいました。西田さんが何と格闘していたのか、あれではまったくわからないもの。西田さんがやっていたのは、日本人がごくふつうに、食事を作ったり食べたり、立ち居振る舞いしたり、春・夏・秋・冬に感じたりしている折々のふつうの感覚を、ヨーロッパの哲学の概念を通して表現してみるという、ものすごい作業なんだ。その苦しみが、伝わってこないもどかしさで、悲しくなったんです。

髙山　ゲストの外国人の方が、西田幾多郎の哲学はいま世界にグローバルに通じる貴重な哲学であるとコメントしだしたときに、思わずテレビ消しちゃった。

中沢　そういうことではないのにね。

髙山　全然違う。

中沢　そのあと、大東亜戦争と**京都学派**のシーンになるわけだけど、いろ

*——未発表。第2章で行われた対談の後半部。

西田幾多郎→p.25

京都学派
西田幾多郎と田辺元、またその周辺の哲学者たちのこと。主なメンバーには、上記ふたりのほか、波多野精一、和辻哲郎、三木清、西谷啓治、戸坂潤、中井正一、久野収など。西洋哲学と東洋思想の接点を模索したが、しだいに大東亜思想に接近していった。西谷、鈴木成高、下村寅太郎は、シンポジウム「近代の超克」に参加している。

んな人がコメントしていました。だけど、他人事みたいに論評してる。西田たちは失敗したけれど、自分だったらそんなドジ踏みませんよ、みたいな余裕で論評している。でも、僕は叫びたくなった。「この問題はあんたの問題ですよ。あんただって、この状況になって発言をしろといわれたとき、きちんとできるのですか」ってね。

僕は『フィロソフィア・ヤポニカ』を書いたとき、日本人がごくふつうに感じている感覚や思考方法というのを、違うルートで発達したヨーロッパ哲学に対応させながら表現の変換をするとどうなるだろうということを西田さんや田辺元さんが格闘してるようすに感動しました。そうするとそのうち高山さんじゃないけど「この連中は俺だっ！」って思うようになった（笑）。

たとえば**空海**のような山伏出身の人が、日本的な修行をやってきてインドの密教にふれる。次に中国人の密教にふれる、そのときに何かプリズムみたいにいろんなものが散乱を起こすようになる。そこから空海の表現にたどりつく。そんなダイナミックな運動があるんです。**法然**が比叡山の中で万巻の書を読む。そのとき彼が中国製の浄土教の経典を読みながら、彼の体内からは違う方向へ乱反射が起こっていく。**親鸞**がまたそこから乱反

田辺元→p.25

空海
七七四—八三五。真言宗の開祖。弘法大師の名でも知られる。遣唐使として唐に渡り、多くの成果を持ち帰った。能書家として有名なほか、各地にさまざまの伝説を残していることでも知られる。

法然
一一三三—一二一二。平安時代から鎌倉時代初期の僧。浄土宗の開祖。「南無阿弥陀仏」と念仏を唱えれば往生できるという専修念仏の教えを説いた。

親鸞
一一七三—一二六二。鎌倉時代前半から中期にかけての僧。浄土真宗の宗祖。法然の弟子にあたり、如来の本願力（他力）を強調した。また、「善人なほもて往生をとぐ、いわんや悪人をや」という「悪人正機」の考えは有名。

射を起こしていくというふうにして、思想の転換が起こっていくんですね。西田さんたちのケースもまさにそういうものです。

そういえば、だいたい京都学派って、京都の人少ないでしょう。西田幾多郎は金沢の人ですし、田辺元にいたってはここ、明治大学の裏、神田猿楽町の生まれですから、チャキチャキの江戸っ子なわけ。おまけに西田さんは京都に住まないで鎌倉に住んだ。このへんに問題が隠れているかも。

高山 大阪といえば『細雪』、っていわれがちだけど、谷崎潤一郎って、二〇歳まで浅草なんだよね。関西の人はそこは忘れようとするんだよ。これはやっぱり京都の問題だろうな。悪くいっているわけじゃないけど、屈折してるんだな。

中沢 **梅原猛**さんはもともと東北の人です。

高山 そうだよね。それにしても、あとご存命の大物って梅原さんぐらいじゃないかな。やっぱり**梅棹忠雄**さんが亡くなったのはちょっとショックだったな。

中沢 僕は京都学派のおじいちゃんたちにとても可愛がられました。**桑原武夫**さんや**今西錦司**さんも可愛がってくれて、よく飲みに連れていってもらいました。

梅原猛
うめはら・たけし。一九二五―。哲学者。実存哲学の研究から出発したが、日本仏教を中心に日本人の思想を研究している。著書に『隠された十字架』『うつぼ舟　Ⅰ～Ⅳ』。

梅棹忠雄
うめさお・ただお。一九二〇―二〇一〇。生態学者、民族学者。日本における文化人類学のパイオニアであり、ユニークな文明論を展開した。また、数理生態学に先鞭をつけ、宗教ウイルス説をとなえるなど、各界に及ぼした影響は計り知れない。著書に『文明の生態史観』『知的生産の技術』。

桑原武夫
くわばら・たけお。一九〇四―八八。フランス文学者。スタンダールやアランの研究をはじめ、フランスの文学や評論を広く日本に紹介した。著書に『事実と創作』『フランス的ということ』。

高山　いちばん君のことを好きだというのは梅原さんだよ。さっきの『フィロソフィア・ヤポニカ』でもそう。三木、西田がわかる本流はもう中沢君しかいないって、何度も聞かされたよ。「中沢って哲学者じゃないじゃないですか」といったら、「だからいいんだ」って話でさ（笑）。

中沢　僕も梅原さんのこと、哲学者と思ったことないです（笑）。おこられたりして。

高山　吉本隆明さんもそうだけど、梅原さんがすごいのは、日本風のジャンル論ってどっかへ行っちゃうんだよね。書いたものはとにかく書いたものので、まさにエクリというか、ライティングとしかいいようがないものなんだね。

中沢　それを言ったら、**本居宣長**なんかもジャンルがないですよね、エクリチュールでしょ。エクリチュールだけがあるんですね。小林秀雄、あれもエクリチュールだけが立ち上がっていて、ジャンルがない。

高山　中沢くんだって、見事にそうだよ。

中沢　髙山さんはいちおう「英文学」でつぶしがきくけど、僕などはいつまでたっても「何やっている人なの？」っていわれちゃう（笑）。

高山　それでも、書いているものを読めばアカデミーの手続きを経ている

今西錦司
いまにし・きんじ。一九〇二―九二。生態学者、文化人類学者、登山家。ニホンザル、チンパンジーの研究や「棲み分け理論」で知られる。著書に『生物の世界』『進化とはなにか』。

吉本隆明
→p.48, p.95, p.131, p.156, p.177

本居宣長
もとおり・のりなが。一七三〇―一八〇一。国学者、文献学者、医師。『古事記』『源氏物語』の註釈や、「もののあはれ」を顕揚したことで知られる。著書に『古事記伝』『玉勝間』。

小林秀雄→p.44, p.125

議論かどうかというのはすぐわかるよね。

中沢　アカデミーの手続きは知らないことはなくて、むしろけっこうこなすこともできるんですけど、それをしたくないんです。そこを全部消しちゃった上でエクリチュールだけで挑戦したい。だから、この人は何も学問を知らないというふうに見られるんです。

髙山　ははは、長い間そう思っていた（笑）。

中沢　恥ずかしいから隠してるだけですよ（笑）。

『ハリー・ポッター』の謎

高山 さっき深沢七郎の話が出たけれど、やっぱり山梨だから？

中沢 否めないよね。

高山 そうだろうな。あの世界、山の中だもんね。

中沢 山梨というところには差別が少ないんですね。このこと、子供のときも不思議に思っていたんですが、**網野善彦**さんが家に遊びに来て差別の話になって、このへん差別がないのはどうしてという話によくなりました。同じことを近所の大人たちに聞いたら、「そりゃあおまえ、山梨県中みんな差別されてるから」って笑ってた。

高山 なるほど、その言い方はすごいね。だって、ちょっと行ったら**神州纐纈城**があるわけでしょ（笑）。

中沢 そうそう、そういう自覚を持っている。その一角に深沢七郎がいるわけです。イギリスも、そういうところで似た側面を持った文化だなと感じてきました。

高山 **『ハリー・ポッター』**なんか、日本でもあんなに人気があるのにちゃ

深沢七郎→p.39

網野善彦
あみの・よしひこ。一九二八—二〇〇四。歴史学者。中世日本の職人、芸能民、漂泊民の立場を強調することで、旧来の日本社会像や社会観を一変させた。著書に『無縁・公界・楽』『「日本」とは何か』。なお、中沢は網野の甥にあたる。→p.102

神州纐纈城
しんしゅうこうけつじょう。一九二五—二六年に国枝史郎が『苦楽』で連載した伝奇小説。富士山麓の纐纈城が舞台となる。

んとした批評が出ないのは、イングランド対スコットランドの本当の問題が理解されてないせいだよね。だいたい「ポッター」って、壺つくりのことだよ。人間を土からこねて作るという、要するにゴーレム思想みたいなものだね。一方で「ハリー」って悪魔のことだからね。特に「オールド・ハリー」といったらサタンのことだ。だから、「ハリー・ポッター」って聞いただけで、とんでもないストーリーだってことがわかるはずなんだ。ロマン派本流です。アースダイヴしてる（笑）。現に、ほとんどの話は地下で進むわけでしょ。

中沢　三巻目からはちょっとがっかりしてしまったけど。

髙山　最初の二巻は錬金術の基本的な教科書みたいなものだけどね。特に『秘密の部屋』は素晴らしい。そもそものお話の始まりはロンドンのキングズ・クロスの駅だけれど、あれ東京でいったら上野駅だよね。

中沢　あそこから北へ向かっていく。

髙山　あのかかっている時間を計算すると、だいたい行き先はエジンバラとかのあたり。つまり、魔術があるのはスコットランドですよという、『マクベス』以来のイングランド人の思い込みだ。ジェイムズ一世というのは悪魔の研究家なんだよね。ジェイムズ六世というのがスコットランドの王

『ハリー・ポッター』
一九九七年から刊行が開始されたJ・K・ローリング作の児童文学、ファンタジー小説。一九九〇年代のイギリスが舞台で、主人公は魔法使いの少年ハリー・ポッター。世界的ベストセラーとなり、映画化もされた。

イングランド／スコットランド
→p.127, p.155

アースダイヴ→p.83

様だったのを、エリザベス一世に子どもがないのをいいことに、「俺、縁者だよ」とかいいながらロンドンに入り込んできたわけだ。日本でいえば、伊達政宗が江戸城も支配しちゃった、みたいな状況なんだよね。江戸っ子にしたら「ぶっ殺すぞ、てめえ」っていう話じゃない（笑）。

そういう当たり前のことが全然わかってないから、『ハリー・ポッター』はおろか、ピクチャレスクの問題もわからない。ピクチャレスクというのは、戦争で勝っちゃったイングランドがスコットランドをなぜ欲しいと思うのかという問題でもある。そのときの理屈が、「スコットランドにはピクチャレスクな新しいタイプの美がある」というものなんだね。だからそれ以降、貴族が土地をとりにいくときには、必ず測量技師一人と、職業になったばかりの風景画家というのを一人連れていくようになるんだ。

中沢 そのセンスで今度はニューギニアに行き、アフリカに行き……。

高山 そうそう、全部それ。だから今度のリーマンショック云々も全部含めて、いま世界のプラスもマイナスも全部アングロサクソンの頭脳のせいで、あとの国は問題にならないんだよ。

中沢 大東亜戦争、日中戦争、太平洋戦争、そこに明治維新も含めて、すべてがアングロサクソンがうみだした問題ですね。

ピクチャレスク
→p.14, p.40, p.166

アングロサクソン
→p.93, p.153, p.180

高山　幕末なんて特にね。長崎に**グラバー**っているじゃない。日本を紹介してくれた偉い人だとかいう人がいるけど、とんでもないよね。あれは食わせ者。**ジャーディン・マセソン**とかね、ああいう国策商社のいわゆるジェントルマン・マーチャント。儲けしか頭にない。なにがジェントルマンだ。あいつがいなければ坂本龍馬は死ななくてよかったんだよ。

中沢　坂本龍馬暗殺も彼が黒幕という話で。

高山　張本人だよ。イギリス大使とグラバーだといわれているね。

中沢　資本主義をこんなにしちゃった張本人も、あの人たちですね。

高山　それも古いアングロサクソンを殺しちゃった新しいタイプのイギリス人だろ。この新しいタイプのイギリス人って何かということを研究するのが、僕のテーマだったわけだよ。名誉革命以降のね。コントラクト、というか契約でしか世界を観ない。表象だって契約だからね。僕、そこでミシェル・フーコーの『言葉と物』に出会っちゃったわけだ。なんでこの人、フランス人のくせにこんなにイギリス的な問題をよくわかっているの？って愕然としたね。

グラバー
トーマス・ブレイク・グラバー。一八三八—一九一一。スコットランド出身の商人。武器商人として幕末の日本で活躍するほか、さまざまな技術を導入して日本の近代化にも大きな役割を果たした。

ジャーディン・マセソン
イギリス系企業グループ。創設から一七〇年以上たった現在でも、アジアを基盤に世界最大級の国際コングロマリットとして影響力をもつ。

坂本龍馬→p.185

ミシェル・フーコー
→p.45, p.94, p.146, p.170

ミシェル・セールとライプニッツ

中沢　ミシェル・セールに会ったときにいろいろ話をしていると、どうも『言葉と物』にセールがいろんなアイディアの素を注ぎ込んでいたのではないかという印象を受けました。『言葉と物』の面白さの一因はセールにあったのでは？

髙山　セールというのは、アカデミー・フランセーズの院長とか何とかいわれてるけど、僕の考えでは、たとえばニュートンなんかもそういうんだろうけど、英語でいうヴァーチュオーソ。今はヴァーチュオーソっていったら、チェロとかヴィオラを弾くのがうまい人のことだけど。

中沢　ヴィルトゥオーゾですね。

髙山　そうそう。ただ、一七世紀のヴィルトゥオーゾって、趣味で自然科学をやるお金持ちの貴族のことなんだ。だからニュートンなんかも、当時はもちろんサイエンティストなんて言葉はまだないから、そう呼ばれていただろうね。このヴァーチュオーソの研究も今まで全然されてないね。

中沢　ミシェル・セールは、なぜか日本では評価が低いけれど、僕が素晴ら

ミシェル・セール
→p.4, p.33, p.145

しいと思うところは、まさにヴィルトゥオーゾのように知をとりあつかい、しかも船乗りでもあったというところなんですね。フランス版海民の系譜なんですね。

髙山　僕にとって中沢新一といえばまずセールなんだ、レヴィ＝ストロースじゃなくて。セールのライプニッツ論を読んでて、きみのことばかり思い出してた。僕の好きなマニエリスム論だって結局はライプニッツ。ホッケにそう教わった。グスタフ・ルネ・ホッケの議論は、最後は必ず一九六〇年代に戻っていくんだよね。彼は英語の知識はほとんどないんだ。ところがライプニッツの積分、インテグレーションって何だという議論を始めると、それから**パスカル**の話が出てくる。「人間性の灯台」とパスカルはいわれているけど、嘘じゃないみたいな議論がね。彼のマニエリスム論の最後がライプニッツかパスカルだというんで、そのへんがちょっと中沢的かなと思っているんだけどね。

中沢　ライプニッツは僕の理想の人のひとりです。

髙山　そうだよね。同時に、ミシェル・セールの神様だから。ご本人の感じだと、ライプニッツはどこが一番中沢くんに近いの？

中沢　ライプニッツで惹かれるのは、やっぱり「善」についての考え方で

レヴィ＝ストロース
→p.26, p.45, p.83, p.110
ライプニッツ→p.6, p.34
マニエリスム
→p.26, p.125, p.189
ホッケ→p.44, p.117

パスカル
ブレーズ・パスカル。一六二三―一六六二。フランスの哲学者、自然哲学者、思想家、数学者、神学者。さまざまな分野に多くの業績を残しつつ、早世した。著書に『円錐曲線論試論』『パンセ』。

す。最大善の考え方。これはヴォルテールが『カンディード』でさんざんコケにした。だけど、まさにあれなんですよ。ヴォルテールはリスボンの大地震の報道に接して、ライプニッツの最大善の考え方をだめだというんだけれども、僕にいわせれば、カタストロフィ的な自然の側から見るなら、まさにリスボンの大震災自体を最大善と呼ぶべきことじゃないかと思えてしまう。高いところから非情な目で、全体のバランスが動いているようすを見ている。もっとも、局所的には悲劇が起こったり、カタストロフィが起こったりしている。

カタストロフィが起こることも、ときには必要です。古いできあがった体系は、中におさまっている人にとっては幸福だけど、大きい目で見たときにそれが不幸をつくり出すのだとしたら、これは壊すしかない。その崩壊の光景を遠いまなざしをもって非情な目で見ていると、全体バランスとしては調和がつくり出されているという認識にたどり着く。そのライプニッツの神様みたいな視点が、僕を魅了します。

高山 ミシェル・セールもそういっているよね。

中沢 パスカルもそんな人でした。

高山 ライプニッツはけっこう中国を勉強しているよね、本当に中国語が

ヴォルテール→p.5
カタストロフィ→p.42

できたかどうかはわからないけれど……。

中沢　ただ、中国人のお弟子が二人いたみたいですね。

高山　いたらしいね。だから『**易経**』は間違いなく読んでいるようだ。だから一説によると、**0－1《ゼロワン》バイナリー**という発想は、『易経』の陰と陽を「0」と「1」に置き換えただけで、あとは全部同じだといわれている。そのへんのロマン派の理解というのが、いま必要なんだよね。まだまだわれわれ日本人のヨーロッパ・ロマン派理解は遅れてる。

中沢　ロマン派は無限の問題、アレフの問題にもかかわっていますからね。

高山　大学に入ったときに文学やろうかな、面白そうだなといったときに、由良君美が先生だったからね、僕も否応なくロマン派を研究することになっちゃったんだけどね。『クリスタベル』とか『老水夫行』を書いた**コールリッジ**って数学者なんだよ。ゲッチンゲンに留学したのも、数学を勉強しにドイツに行ったんだ。ところが、帰りにはロマン派をたっぷり持って帰ってきちゃった。そのコールリッジにドイツで相当するのは誰かというと、鉱山技師で、高等数学を操っていたノヴァーリスだ。

その二人がまさに象徴だけれど、じゃあロマン派のそういう数学的な感覚ってどこへ行っちゃったんだろうというと、少なくとも日本のロマン派

『易経』
古代中国の占いの一種。いわゆる四書五経の筆頭に位置するもので、陰と陽の二つの要素から森羅万象の変化の法則を説いたもの。

0－バイナリー
0と1による二進法。→p.153, p.192

ロマン派→p.2, p.189
アレフ→p.52

コールリッジ
サミュエル・テイラー・コールリッジ。一七七二－一八三四。イギリスのロマン派詩人、批評家、哲学者。ウィリアム・ワーズワースと並び、ロマン主義運動の祖とされる。著書に『抒情民謡集』（ワーズワースとの共著）、『方法の原理』。

鉱山→p.18
ノヴァーリス→p.19, p.83

の研究ではその視点は完全に落ちている。そのへんが一番大事な問題じゃないか。そこで「自然に戻れ」とか、神と人間の関係の純粋さみたいなことばかり論じている日本のロマン派研究のこの一二〇年間はどうしようもない、何をやってきたんだと僕は思うんだけどね。

中沢　同じ構造がいろんなところに出てきてますよね。たとえばこの二年間、脱原発をめぐって出てきたいろんな思考って、多くのものがロマン派的で、しかもひどく単純化されたロマン派の思考でした。だけど、そこにある問題には、実はアレフやカタストロフィが含まれているにもかかわらず、安直な自然回帰にもぐりこんでいったり、癒しとかに入りこんでいく。人間は同じことばかりを繰り返していますね。

澁澤龍彦のサド

髙山　さっきジャンルという話が出たけど、雑学って、日本ではいつまでも評価低いね。僕が英語でいちばんいま興味があるのは、ミセラニー、ミセレイニアス。「雑纂」とか「雑録」だね。どうしてこんなに評価低いんだろう。**植草甚一**さんもそうだけど、僕だって学会の中では「偉大な雑学者」という評価だ（笑）。

中沢　**柳田國男**もそういわれていた。

髙山　さっき話に出た折口信夫だって、どのジャンルという議論になるととっても困っちゃうね。

中沢　柳田さんは、民俗学の看板をあげる以前は、江戸の随筆集で随筆を書いてました。江戸の随筆集はまさに雑学の極致ですからね。そういうものによってものを書いているから、柳田さんにも雑学の発想はみごとに受け継がれているわけです。

髙山　澁澤龍彦もそうかな。僕は澁澤が先を行ってくれているから、だいたい自分の運命は見当がつくというところがあるな。

植草甚一
うえくさ・じんいち。一九〇八—一七九。欧米文学・ジャズ・映画評論家。六〇年代半ばから、若者の間で人気が高まり、「J・J氏」として親しまれた。著書に『ジャズの前衛と黒人たち』『ぼくは散歩と雑学がすき』。

柳田國男
やなぎた・くにお。一八七五—一九六二。民俗学者。日本民俗学の開拓者。日本各地を旅行して民間伝承を取材した。著書に『遠野物語』『蝸牛考』。→p.82, p.110

折口信夫→p.50, p.110, p.178
澁澤龍彦→p.120, p.190

中沢　僕はサドをずっと澁澤さんの翻訳で読んでいましたけど、あるときなんかこれは違うんじゃないかと思ったことがあります。僕は一時期**永井荷風**のファンだったことがあって、それを通して**為永春水**にはまりこんじゃいました。人情本の世界。そうすると、澁澤さんのサドって人情本の文体に似てるって思えちゃったんです。人情本はセックスの描写になると情緒てんめんになってくる。澁澤さん、あのセンスでサドを訳しているなと感じたわけ。フランス語を実際に読めるようになったら、ものすごいドライな文体で、自分の勘は正しかったと思いました。

髙山　澁澤自身が、それ書いているよね。有名な話だけど、澁澤はフランス現代思想が大嫌いでね、ドゥルーズもへったくれもないんだ。ところが、フーコーだけは神様なんだ。だからフーコーを読んでいる人がサドを読むとどうなるかというと、サドに一番近いのは、こんな性文学を書いた誰それとかじゃない。機械的なXとYがどう結びついて、どういうものが生まれてくるかという議論を見れば、これは**リンネ**だと。だいたいリンネ自体の描写が『閨房哲学』と違わない。おしべとめしべがベッドの上でどうするこうするなんていう描写なんか見ていたら、もうエロ小説だよね。それを澁澤は見抜いていて、僕のやっているサドは違うというんだね。愛と幾

サド→p.5

永井荷風
ながい・かふう。一八七九―一九五九。小説家。アメリカ、フランスに外遊後、文学者として活躍。個人主義者としての生き方を貫いた。著書に『あめりか物語』『濹東綺譚』。

為永春水
ためなが・しゅんすい。一七九〇―一八四四。戯作者。自ら江戸人情本の元祖と称した。晩年には、天保の改革で手鎖五〇日の刑を受けた。『春告鳥』『春色梅児誉美』。

ドゥルーズ→p.4, p.125, p.146

リンネ
カール・フォン・リンネ。一七〇七―一七八。スウェーデンの博物学者、生物学者、植物学者。動植物についての情報を整理した分類表を作り、「分類学の父」と呼ばれる。→p.83

何学、澁澤の最大テーマだ。

中沢 よくわかっていたんですね。

髙山 わかっていたというか、澁澤さんには「髙山さんは学者じゃない」といわれたよ。「君、フーコーの『言葉と物』ばっかり書いているね」というから、「そうです。僕、彼のファンなんで」といったら、「君は学者にはなれないけど、希望を持てる仕事をやっているんだよ」とかいわれて、喜んで北鎌倉から帰ったことがある。

中沢 僕が澁澤さんに会ったのは、亡くなるほんとにちょっと前でしたね。

髙山 本人に会えたの？

中沢 会えました。四谷シモンと一緒に病院に会いに行った。でも、もう声は出なくなっていたから筆談でいろいろ話しました。そうしたら澁澤さん、筆談で「二人はできているの？」（笑）。

髙山 ははは、そういう人だよね。澁澤、種村のコンビというと平凡に聞こえるかもしれないけれど、僕らの世代は十年単位でコントロールされちゃった相手だよね。でも二人、実は全然違う。澁澤はロマン派はわからないんだよ。逆に種村のドイツロマン派はすごいよね。それもけっこう機械論とか、われわれに方向が向いたほうのロマン派をやっていたよね。だけど、この二人が作っちゃった世界って、ちょっと巨大だよね。澁澤さん、けっこうたくさん読みました？

中沢　学生のときはよく読みました。でも、ご本人のほうがもっと好きでした。「汽笛一声新橋を」の鉄道唱歌を夜中から朝にかけて全部歌っている澁澤龍彥の話を聞くと感動します。

高山　僕、お約束の「チューリップ兵隊」聞かされた。

世界はピクチャレスク

高山　僕の場合は英文学だから、由良君美というのがすごく入っちゃっている。この三人を比べるのはひょっとしたらナンセンスだけど、やっぱりひとつの時代だったね。六八〜七一年の四年間の、たとえば『みずゑ』は、高かったけど毎月読んでいたもんな。そういう経験があるのとないのとではピクチャレスク論、マニエリスム論といっても大違いでね。マニエリスムなんか、教科書的にやられても困るんだ。

今度の福島の事故が分かれ目になって、けっこう世界全体が、僕にいわせればピクチャレスク、それからマニエリスムに見えてきたね。瓦礫の風景なんて形容のしようがない。あれが残すインパクトも含めて、いきなり日本人にもマニエリスムが来たかなっていう気が今しているんだけど、じゃ学生とそれを、マニエリスムという観念なら観念、言葉なら言葉でどうやって共有できるかというところで悩んでいるわけだ。この何十年か、マニエリスム理論ってちゃんと日本化されてないんだよね。

中沢　チリの大地震を舞台にした小説がありましたね。ドイツの有名な作

由良君美→p.50, p.110

家の。

高山　**クライスト**だね。

中沢　偶然なんですけど、3・11の前日にそれを読んでいたんです。

高山　いやー、中沢新一は神によみされているな、やっぱり。

中沢　驚きました。地震ものはピカレスクで。ピクチャレスクとピカレスク。大きな問題ですね。

高山　それは一七五〇年代の問題だよね。カントだってもともと地震学者でしょ。なんで地震のないヨーロッパであんなに地震論が発達するかというのも大問題だけど、こういうものこそ文理の境界線でやってもらいたいね。地べたが揺れる体験。ドイツ人のお雇い外国人が日本に来てやっとサイズモロジー、地震学はできた。日本人だけではできないというの、面白い。

何人かヨーロッパ人のお友だちがいるけど、日本に来て長い間いると地震に遭うでしょ。僕らにいわせると震度2ぐらいなんだけど、もうみんな顔、真っ青。テーブルの下に潜り込んで出てこないやつとかいてね。それ見ていて、いまのリヒター・スケール、というかマグニチュードでいうと4ぐらいだよってこっちは笑ってるわけだけど、向こうがこういう感覚の

クライスト
ハインリヒ・フォン・クライスト。一七七七―一八一一。ドイツの劇作家、ジャーナリスト。奔放な性格が社会から疎まれたが、現代ではドイツの伝統的劇作家のひとりとされている。著書に『こわれがめ』『チリの地震』。

カント→p.185

経験がないわけだから、それで日本に来たら本当に何べんでも驚くわけだよね。

中沢　中国の奥地もけっこう地震が多い。ちょうど地表が褶曲しているような場所だからねえ。チベットでは、地震があると聖者が生まれるという。チベットに行っているとき、チドンというダキニの聖地に温泉があって、その温泉につかっているときにものすごい地震にあいました。そしたらチベット人たちがみんな喜んでいて、「また生まれた」っていって。

高山　いい話。だからそれこそ**アウエハント**の『鯰絵』、あれなんかもヨーロッパ人から見ると面白くてしょうがないと思うね。地震が来るたびにナマズの大きいやつが切腹しておなかから大判小判が出るって。あれ吉祥のしるしに変えられちゃっているね。

中沢　あれはイカした絵で。もっともアウエハントの書き方は禁欲的すぎてちょっと物足りない。

高山　というか、日本人はやってないわけだね。材料はあったんだけどね。さっきも言ったけど、そこが面白い。

中沢　いいセンスしている人です。日本人だと、鯰絵を見て、地震で火事になったりして大騒ぎしているようすを見て、これは大災害の絵だという

アウエハント
コルネリウス・アウエハント。一九二〇―一九六。オランダ出身の人類学者。スイスのチューリヒ大学で長く教鞭を執る。著書に『HATERUMA』『波照間島』。『鯰絵』は、この対談後、岩波文庫に収録された。→p.103

んだけど、ヨーロッパ人の目には、喜んでいるやつもいるのがちゃんと見えるわけね。そいつらは材木商だったり大工だったりする。こっちの方では、大金持ちが金を吹き出していて、それをみんなで喜んで受け取っている。そういうところをちゃんと見てる。

あの本を最初に読んだとき、ヨーロッパ人の学問には経済学がベースに入っているなと思いましたね。日本民俗学がこの点だめなのは、商業を軽視していたから。朱子学の延長線かもしれないけれど、絵の見方でも、ちょっと足りないんじゃないかなと思いました。

経済学→p.94, p.153

「発明」の復権

髙山　そこ、今日一番大事な話かもね。たしかにそう、あんなにオランダと仲良くしていたのにね。それを生み出すのもオランダでしょ。一七世紀のオランダだよね。それを勉強したイギリスが王立協会を使って、今の金融制度を作っていくんだけど、考えてみたら、日本はイギリスとも仲良しだったし、オランダとはめちゃくちゃ仲良しなのにねえ。**平賀源内**が牢屋で死んじゃったら、そこでプッツリ切れたという実感があるね。

中沢　高校時代の愛読書は『風来山人集』でした。平賀源内という人のパーソナリティと人生にすごく共感していました。それとあの死にざまね。これにも共感して、日本だとこういう人は必ずこういうふうにして死につくんだ、たぶん俺も、なんて思っちゃったぐらい。ずいぶん自分に自信があったんですね(笑)。平賀源内の才能の濫費の仕方がものすごく日本人離れしていて、ヨーロッパ人みたいだなと感じました。

髙山　まことに同感(笑)。僕もそういう文章、いくらも書いたことがあるんですよ。というか、日本では伝馬町で死んだから、かわら版なんかのタ

王立協会→p.6, p.93, p.152, p.191

平賀源内
ひらが・げんない。一七二八－一七八〇。本草学者、地質学者、蘭学者、医者、殖産事業家、戯作者、浄瑠璃作者、俳人、蘭画家、発明家。多彩な分野で多くの業績を残した。エレキテルの紹介や火浣布の開発などは特に有名。著書に『根南志具佐』『長枕褥合戦』。→p.138, p.169, p.182

ネにならないよね。絶対なれないんだ。ところが、何週間か後のアムステルダムの新聞の一面に、東洋の偉大な窮理学者——窮理って物理学のことだけど——平賀源内が死すと載ったんだ、一面にだよ。オランダのコミュニケーション力って何だろうと思う反面、あっ源内ってやっぱり偉大な普遍人だったんだなあと、そのとき思ったね。

発明という観念を、ちょっといまあらためて源内的に突き詰める必要が出てきたね。つまり、一見何もかも飽和状態で、全部あるのだけど、じゃここからどうするか。

中沢　イノヴェートというやつですね。

髙山　イノヴェートというよりも、やっぱりインヴェントだね。いい言葉だよね。もとはインヴェニーレ、二つあるものの間を来るという意味だよね。

中沢　ということは、精霊なんだ。

髙山　そう、さすがだね。二つある間から来るインヴェニーレって何だと考えだしたら……。

中沢　ニッチ。

髙山　そうそう。平賀源内なんて、まさにニッチ的だよね。隙間的実存だ。

インヴェント、インヴェニーレ→p.124

精霊→p.192

で、アドベンチャーだもん。アドは特定詞だよ。ヴェニーレだよね。来るというところが、何で「冒険」だったり、「投機」だったりするんだろう。

中沢 「来る」という言葉は、神、精霊の……。

高山 それこそ柳田の客神というか、マレビトなんかの世界だよね。だから「発明」というと、日本人はエジソンとかドクター中松とかいうレベルでとらえるけれど、今までなかったものを今まであるつまらないものの中から作り出す能力みたいなことで捉え直すとどうなんだということだよね。哲学だってみんなそれにかかわるわけだ。たとえばインヴェンションというアイディアで「History of Idea」を書いてみるとか、そういうことを大学の三～四年生ぐらいになったらやればいいと思うんだね。

中沢 高山宏の『Dictionary of the History of Ideas』をこれから作ろうよ。

高山 ははは。必要なのは体力と視力。なにしろ六五でしょ。法律上の「要介護老齢者」に入っちゃっているわけだよね。無理はしない。これからはマイペースで、今までつくったプランの中で埋めていくという、うずめる作業だね。でも、やっぱりもう四～五年かな。逆にいうと、八〇で新しい冒険というやつは、やっぱりそれまで何かし足りてないんだよ。僕はそう思うけどね。

柳田（國男）→p.72, p.110

中沢　**ゲーテ**がいるじゃない。

高山　ゲーテの評価はもっと進めないといけないね。いま翻訳のために久しぶりにエリザベス・シューエルの『オルペウスの声』を読んでるけど。**エラズマス・ダーウィン**とかリンネとかと並べるゲーテへの評価、やっぱりすごく高い。

中沢　最近、あの人の地質学の本を読んでいます。

高山　カントもいい例なんだけど、地質学というのは近代の学問全体に関連するんじゃないかな。

中沢　レヴィ＝ストロースだって、自分の人類学のことは地質学だといってますね。地質学で彼が一番感動したのは、こっちのほうで露呈しているジュラ紀の地層が、ずっと離れたところでも露呈していて、この二つがつながっているということを発見したときの喜び、という言い方をするわけだけど、現代地質学もやっぱりそのことをいいますよね。

高山　そういうのを扱う仕事が一八世紀の終わりでは職業になったんだけど、日本語に訳すとなんというか知っている？

中沢　山師ですか。

高山　そう、山師。アースダイヴァーでもいい。さっき名前が出たノヴァー

ゲーテ
ヨハン・ヴォルフガング・フォン・ゲーテ。一七四九―一八三二。ドイツの詩人、劇作家、小説家、自然科学者、政治家。シュトルム・ウント・ドラングの代表的詩人として出発、後に古典主義時代を迎え、ドイツを代表する文豪となった。著書に『若きヴェルテルの悩み』『ファウスト』。

エリザベス・シューエル
→p.4, p.33, p.97, p.160

エラズマス・ダーウィン
一七三一―一八〇二。イギリスの医師、詩人、自然哲学者。チャールズ・ダーウィンの祖父にあたり、「進化」という概念を生物学にもちこんだ。

リンネ→p.73

レヴィ＝ストロース
→p.26, p.45, p.68, p.110

アースダイヴァー→p.64
ノヴァーリス→p.19, p.70

リスなんか典型的な山師だよね。

中沢　ハイデガーなども「哲学の山師」だと思います。ドイツ語の中に露呈している古代ギリシャ語とのつながりをハイデガーは発見するわけですが、それこそ**ウィリアム・スミス**のいう地質学の喜び、構造主義の喜びというのと同じじゃないかなと思って。

高山　美しいなあ。まさにそうだよね。亡くなった鈴木その子さんっていたじゃない。彼女とちょっとお付き合いがあったころに頼まれたことがあってね。顔の総合的な研究をして、そのことを商品化していくプロジェクトを立てたいのだけど、五〜六人、専門の顔の研究者を集めてといわれたんだ。でも、いなかったね。医学部あたりに整形を教える先生とかもちろんいるわけだけど、彼らには、人間にとって「顔」って何かなんて議論いらないんだよね。

中沢　南伸坊は？　あの人、顔のことばっかり考えてる（笑）。

高山　自分の顔のことをね(笑)。そのとき思ったのよ。二〇世紀の頭まで、フィジオノミー（顔相学）という大学問があったじゃないですか。推理小説もファッションもみんなその学問が元になってできているのに、二〇世紀の頭になって、それ消えちゃってね。つまり、差別の問題はいけないみ

ハイデガー→p.20, p.163

ウィリアム・スミス
一七六九—一八三九。イギリスの土木技師、地質学者。イギリス本土の地質図を初めて制作した。

たいなイデオロギーが出てきたときに、美しいものを醜いものから分けちゃいけないみたいな変なモラルが出てきて、「顔」の問題ってタブーになっちゃうんだよね。大事なのは内面だけだって。だけど、内面の問題が外面に現れるのを、ヨーロッパの言葉では「キャラクター」というんだよね。マンガ論でずいぶんキャラ論があったけど、あれもちょっとそこらへんがね。

中沢　浅い。

髙山　顔の問題だって、一八二〇〜三〇年のパリでしょ。フランス革命で階級制度が壊れて、外見からその人の内面が測れなくなったときに、新しい測定の基準というのでファッションが出てくるよね。ライフスタイルの問題が出てくるよね。このコーヒーを飲んでいる人は貧乏、こっちの銘柄を飲んでいる人は金持ちみたいなやつは、あれはみんなフランス革命直後のフランスだろう。そこの研究も文化史としてはなかなか立ち上がらないよね。**ヴェブレン**の『有閑階級の理論』とかまで、すごく時間がかかった。だけどアメリカ世紀末を研究する人はみんな「お耽美」の美学を研究しているけど、ヴェブレンの倦怠論とか、暇をどうやってつぶすかみたいな議論って、けっこう深刻だよ。アメリカはアメリカで、「アメリカン・ヴィク

ヴェブレン
ソースティン・ヴェブレン。一八五七—一九二九。アメリカの経済学者、社会学者。現代産業社会を独自の視点から鋭く分析し、制度派経済学の創始者と呼ばれる。著書に『企業の理論』『技術者と価格体制』。

トリアニズム」という言葉があるぐらいで、ものすごく本当は倦怠して、退廃していて面白いんだけどね。**フィッツジェラルド**がそれを整理するだろう。フィッツジェラルドって、若いころ熱力学を勉強している節があってね、あのパーティの場面は全部エントロピーの表現としていたらしいよね。

まあ、こういう具合だから、もう文と理の垣根なんか取っ払わなきゃいけないんだ。大学が「文理融合」みたいなことを言うのなら、とにかく縦割りだけは早くぶっ壊してもらいたいね。

中沢 若い子はインターネットがあるから、すごく知的に底上げされているのを感じます。理系から文系までの知識をまんべんなく得ることができるし、長い本の要所はウィキペディアで読めちゃう。大衆的レベルということで言うと、若い人たちはものすごくレベルアップしています。若い数学者と話していても、たとえばこっちが文学の話をしていたりすると、それはどういうことかという数理的な意味が即座にわかる。そういうことが実現できてますね。

髙山 それは素晴らしいことだね。ちなみに、その次の段階ではどういうことになりそう？

中沢 インヴェントですね、必要なのは。面白いものをつくり出すために

フィッツジェラルド
F・スコット・フィッツジェラルド。一八九六―一九四〇。アメリカの小説家。「失われた世代」の代表的作家のひとりで、ジャズ・エイジの風俗をいきいきと描き出した。『グレート・ギャツビー』『夜はやさし』。

は、ウィキペディアとウィキペディアの記事の間で何か別のものを作っていかなければいけないのですけど、それがまだ十分にできてないですね。

高山　ふうん、アルス・コンビナトリアか。必要なのは結合術なんだね。

アルス・コンビナトリア→p.130

さまざまな「学」を横断する

中沢　いま、明大農学部を活性化してブレイクさせようと目論んでいます。明大の中でいま一番可能性があるところですから。ふつう大学で農学部があるところは少ないんです。しかも、いまいちうまく利用できてない（笑）。僕はこの間、黒川農場へ行って、これはもったいないないなと思って。すごくいいんですよ。

高山　農業へ、か。「野生の科学」の真骨頂だね。そう、神話だって、実質意味のある神話って、ほとんどが農耕神話でしょ。農耕神話というか、つまり死んだ神がなんで生きるかみたいな議論で、これ植物だよね。

中沢　だいたい神話は食いものの話でね。食いものを中に入れて出す。エネルギーを中に入れて出す、これですよね。いったい何が入ってくるのか。私と世界の関係というのがそこで出てきて、中へ取り入れている他者は自分だということになる。これ、神話ですね。

高山　それが「食べたものが一週間後には私になっている。これは何だ」という話。あれはもう古い議論で、実は動的平衡とかいうのは昔からある。

フロイトの「自我」の定義だってそう。
中沢　動的平衡といったら、ローマの奇術師だってやっていることでしょ。
髙山　**モンテーニュ**の『エセー』なんて全部そうだ。
中沢　**ラブレー**なんてどうなりますか。
髙山　おー、まさにそうだね。いま一六世紀やったら面白いけどね。**荻野アンナ**に、何でそんなにラブレーばっかりやるんだっていったら、「もうね、ラブレかぶれ」（笑）。こういうオンナだからできるんだろうなって、この人にはいつも感心する。
中沢　ラブレーからはずいぶん影響受けました。僕にはどこか幼稚なところがあって、ラブレーばかりか、映画だとフェリーニかウッディ・アレンが好きで、フロイト的にものすごく好きなんです。
髙山　フェリーニだけど、あそこまで肉体とか道化とかにはまるということは、人間の身体論について一家言を持っているんだね。
中沢　食についても一家言がありますね。『サテュリコン』はフード論そのもの。
髙山　フードとしての言葉というところに目覚めちゃうと、ある種の文学の系譜ができるんだね。ラブレーだろ、**ローレンス・スターン**だろ、ずっと

フロイト→p.112

モンテーニュ
ミシェル・ド・モンテーニュ。一五三三―九二。フランスの哲学者。主著の『エセー』はモラリスト文学の基礎を築き、国内外に大きく影響を与えた。

ラブレー
フランソワ・ラブレー。一四八三年ごろ―一五五三。フランスの作家、医師。古典の自在な引用から糞尿譚までを含む荒唐無稽な巨人物語『ガルガンチュアとパンタグリュエル』は、既成の権威を強烈に風刺し、禁書扱いとなった。→p.132, p.139, p.174

荻野アンナ
一九五六―　。小説家、フランス文学者。九一年、『背負い水』で芥川賞受賞。坂口安吾とラブレーを研究。駄洒落好きでも有名。その他の著書に『ホラ吹きアンリの冒険』『蟹と彼と私』。

たどってフィッツジェラルド、要するにパーティの献立ばっかりやってぃる。『グレート・ギャツビー』なんて、よく読んでみると、テーブルの上に並んだ料理の話ばっかりだ。それで本人が熱力学に興味があったなんてぃわれちゃうとさ、どういう読み方をすればいいのか、ってことになる。

一九二五〜六年のアメリカなんてファッションとクルマとオンナで、くだらないとかいうけど、やっぱり行き詰まっている連中は、ちょっと文化というエントロピーが、いまヒート・デスに近づいているみたいなことを、ちゃんと議論できてるわけだな。たぶん**ピンチョン**よりフィッツジェラルドの方が実は熱力学に近い。最近発見したけどね。

中沢　それは面白いな。

髙山　アメリカ恐れるにたらずと思ってたけど、なかなかどうして。**メルヴィル**が一八五一年に『白鯨』を書く直前に、熱力学の第二法則が発見されてるんだけど、彼ドイツ語が読めるんだ。それで熱力学の第二法則について読んだ気配がある。それが『白鯨』のクジラとの戦いにどう現れているか、とこういう研究がいま始まっているんだよね。一八五一年には、中沢君の好きなターナーが死んでる。メルヴィルはターナー・フリークでもあった。

ローレンス・スターン
一七一三―六八。イギリスの小説家、牧師。未完の長編小説『紳士トリストラム・シャンディの生涯と意見』は、小説の約束事や形式を徹底的に破壊した作品で、「意識の流れ」の手法を先取りしたものとされる。→p.164

ピンチョン
トマス・ピンチョン。一九三七―　。アメリカの小説家。素性、経歴等一切不明。長大、複雑、荒唐無稽な物語をスローペースで刊行してきたが、二一世紀に入って、そのペースを早めつつある。著書に『重力の虹』『メイスン&ディクスン』。

メルヴィル
ハーマン・メルヴィル。一八一九―九一。アメリカの小説家。生前はほとんど評価されなかったが、現在では世界文学史上最重要作家のひとりと見なされる。著書に『白鯨』『ビリー・バッド』。

中沢　マルクスにとって一八四八年。ランボーは一八七一年。

高山　それをいうんだったら、一九六〇年代だって、そういう偶然がたくさんあった。

中沢　しかも、二度目、三度目の茶番として、というのがものすごく重なったんですよね。

高山　そうそう、それが「文化」だしね。だから、もうちょっと歴史の教え方も変わってきていい。たとえば松岡正剛さんがやろうとした『情報の歴史』なんかも、試みとしてはとても面白いと思うんだよね。同じ年に、文系ではどんなことがあって、理系ではこんなことがあって、これすべて一八五一年だとか。厳密にいうと何月というところが問題になるだろうと思うんだけど、こういう関連学をあんまり歴史の方ではやらないんだよね。

だって「サイエンス」ってものが理系の者に独占されたのって、二〇世紀の初めですもん。調べてみたけど、**ダーウィン**なんか「サイエンティスト」と呼ばれたこと一度もないんだね。**ナチュラル・ヒストリアン**なんだよ。逆に今はナチュラル・ヒストリアンって、ヨーロッパでも、日本でも粗雑な扱いになっているよね。中沢くんなんかだとナチュラル・ヒストリーだといわれたことない？

ターナー→p.42

マルクス→p.97, p.141, p.154

松岡正剛→p.119

ダーウィン
チャールズ・ダーウィン。一八〇九—八二。イギリスの自然科学者。測量船ビーグル号で南半球を広く航海し、自然選択説を構想、『種の起源』を発表して進化論を確立した。

ナチュラル・ヒストリアン
博物学者。→p.186

中沢　あります。**ウォーレス**みたいだって。この間たずねてきたコロンビア大学の教授には「あなた、一八世紀タイプの学者ですね」っていわれたなあ。

高山　当たってるね。文化史というものを、もっとみんなでよってたかって面白くしなくちゃ。文化史というと、「あっ、歴史ですか？」とかいわれるよ。困ったもんだ。「ナチュラル・ヒストリアン」を「自然な歴史家」と訳している某大学理学部の偉い先生に最近会った。工学部でそういう人がいてもしょうがないかなと思って説明してあげるけれど、理学部だからね。昔は文系の教養に当たる部分があったじゃない、理学部というのは。

　今度の福島の原発の問題だって、サイエンスの問題なのか、テクノロジーの問題なのか、とても曖昧だ。サイエンスの立場からすると、当然脱原発に突き抜ける議論になっていくはずなんだけど、現場が全部テクニシャンというか、テクノロジーなんだよ。

中沢　福島の後は、国民がリスクということをよく考えるようになって、ものすごく敏感になったじゃないですか。でも、その九月から、中・韓が新しいリスクとして登場して、脱原発のほうが沈んで、逆転が起こりはじめているんですよね。そこからあの選挙（二〇一二年衆議院選挙）にたどり着

ウォーレス
アルフレッド・ラッセル・ウォーレス。一八二三—一九一三。イギリスの博物学者、生物学者、探検家、人類学者、地理学者。チャールズ・ダーウィンとは別個に、自然選択を発見した。

くわけです。

高山　その辺が偶然なのか、誰かの政治政略なのか。

中沢　世論を誘導するのが政治というものなんで、それをいい悪いといっ たってしょうがない。株の操作なども、まさにそれですから。

高山　というか、金融工学もアングロサクソンだけが発明できたんだね。一六六〇年代に王立協会ができたときに、要するに経済部門を作るわけだよ。誰がそこのトップだか知ってる？　浅田彰氏がやっていたのが**ジョン・ロー**というスコットランド人だけど、もっとすごいやつがいるんだ。それが**ウィリアム・ペティ**ってやつで、こいつが王立協会で紙幣を刷るとか、金融部門のトップなんだ。貨幣というか、自国のお金がないものだから、紙に刷ろうということを思いついちゃったのがペティだし、税金を取るために国勢調査というのを始める。今でいう、ちょっと面白い学問だけどポリティカル・アリスメティック、政治算術というのを始めちゃった。その中の一部分が**ラプラス**の確率論になったりするのね。そしてそのラプラスを誰よりも愛読したのがバルザックだからね。バルザックって文学の人間と思われているけれど、そう考えるといったい何者なんだということになってくる。さっき出たフィジオノミーっていう観相学だって、バルザックが開

アングロサクソン→p.65, p.153, p.180
王立協会→p.6, p.80, p.152, p.191

ジョン・ロー
一六七一―一七二九。スコットランド出身の経済思想家、実業家。ルイ一六世の蔵相となってフランス初の紙幣を発行した。ミシシッピ開発のために設立したミシシッピ会社は、株価暴騰の後信用不安をひきおこし、フランス革命の遠因となった。

ウィリアム・ペティ
一六二三―一八七。イギリスの医師、測量家、経済学者。労働価値説を唱え、政治算術派の先駆となったことから、古典派経済学と統計学の始祖と呼ばれる。
→p.156

ラプラス
ピエール＝シモン・ラプラス。一七四九―一八二七。フランスの自然科学者、数学者、物理学者、天文学者。特に数学の分野で大きな業績を残した。

バルザック→p.3, p.32, p.159

発したようなものだもんね。バルザックひとり捉えるのだって、相当いろんな方向から考えなくちゃいけないんだ。だって、彼が尊敬していたのは、たったひとり、ビュフォンだよ。この話、たしか前にもしたよね。いったいビュフォンは小説家なのか？　いや、タクソノミストだろう、広い意味の分類学者だね。小説って分類学から出てきているんだよね。

中沢　人間科学っていうくらいだからね。

高山　シャーロック・ホームズが尊敬しているのはキュヴィエ。いったい博物学って何なんだろうという問題だよね。博物学って科学とどういう関係なのか、誰も議論してないわけだし、やってないことだらけだ。そのへんがフーコーとかセールは、体系的ではないけれども、いいところ突いているんだよ。

中沢　僕が経済学に目覚めたきっかけはフーコーでした。『言葉と物』で重商主義、重農主義を分析しているじゃない。あのとき初めて、経済学って面白いんだということに目覚めたんです。でも、やっぱりフーコーは『言葉と物』に尽きるんじゃないのかなという気がするんですよ。

高山　「きみは『言葉と物』ばかりいって、フーコーの考古学全体についてどう思うのか」とよくいわれるんだけど、何の興味もわかないんだよ（笑）。

ビュフォン→p.5

フーコー
→p.45, p.66, p.146, p.170

経済学→p.79, p.153

中沢　『監獄の歴史』にはじまるフランス左翼的作品群は、フーコーともあろう人がやるべき仕事じゃないと思いました。別の人でも思いつきますし、書けます。

高山　僕は『性の歴史』で呆れたんだけど、売春婦の性器にジョセフ・レカミエというやつの膣検査鏡を入れて、危ない病気にかかってないかの検査をしたが、娼婦たちもその検査に喜んで応じていた、なれあいだったのだとかいう記述を見て、そんなはずあるかと。フーコーが、こんな当たり前なことで、こんな議論するのかって呆れちゃったんだよね。まず差別ありの議論のための議論。

中沢　吉本隆明さんも、『言葉と物』を読んで、フーコーはすごいと思って、フーコーと会ってみたら、まったく話が合わなかったって。

高山　僕が八〇年代、九〇年代に本が出るのを楽しみにしていたのは、ニュー・アカデミズムと荒俣宏だね。荒俣の方は「アカデミズム」のかけらもないけど（笑）。でも、このふたつともが次の仕事を楽しみにさせてくれた。中沢くんもそうだし、荒俣もそうだ。次に書く仕事がこの前のとどうつながるのだろうか。全然関係なさそうだろ。でも、今から見ると、両方ともちゃんとストーリーがあって進んでいる人生だろうなと思うんだよ。

吉本隆明
→p.48, p.61, p.131, p.156, p.177

ニュー・アカデミズム→p.107

八〇年代、九〇年代のころって、出てくるたびに、前の仕事とどうつながるんだ、こいつら、と思っていたよ。それなりに専門的なところまで行っているじゃない。化け物だよね。**百科全書派**とか呼ばれたことない？

中沢 **ヘーゲル**の『エンチクロペディー』からはすごく影響を受けてます。ああいう仕事をしたいんですよ。要するに、存在論、生命論、人間論。

高山 ロマン派の最後の学問だよね、百学連環学。ヘーゲルがロマン派だっていう捉え方はみんなしないけどね。

中沢 ヘーゲルはすごく大きいんです、僕にとって。今、生命科学とかニューロサイエンスが、ヘーゲルのいっていたのと同じことをいっているんだといい始めているフランス人などが出始めていますね。

高山 僕が長いこと付き合っているバーバラ・スタフォードっているでしょ。あれがこの一〇年ぐらいまったく脳科学以外のことに手を出さなくなっている。それがいまの時点でミラーニューロンに凝っている。何でもかんでもミラーニューロンで説明しようとしている。それの翻訳をやらされているんだけど、脳の中の部分の名前が定訳がないことに気がついてね。だけど、自分で適当に訳すわけにもいかない、すぐ抗議の手紙が来ちゃうからね。

百科全書派
一八世紀のフランスで、『百科全書』に執筆・協力した啓蒙思想家たちのこと。ディドロ、ダランベール、ヴォルテール、ルソーら多くの進歩的知識人が含まれる。

ヘーゲル
ゲオルク・ヴィルヘルム・フリードリヒ・ヘーゲル。一七七〇―一八三一。ドイツの哲学者。ドイツ観念論の完成者として知られ、後世に大きな影響を与えた。著書に『精神現象学』『法の哲学』。

バーバラ・スタフォード→p.28

中沢　今やっている仕事は、資本論をニューロサイエンスで解読する仕事。マルクスはヘーゲルを唯物論的に変形したわけだけど、じゃあマルクスをニューロサイエンスで読み解けないかということを、いま進めてます。

高山　すごい。そのキーワードはきっと「**ファンタスマゴリア**」だね。マルクスが四回「ファンタスマゴリア」って使っているのに、青木書店版も、大月書店版も、全部ただの「幻」と訳しているんだけど、これは巨大な幻灯機のことだよ、映画の前駆形態。マルクスがドイツにいたら、たぶんファンタスマゴリアという興行は見てないはずだ。だけど、パリやロンドンにはそれがあった。特にロンドンのファンタスマゴリア興行はすごかったらしくて、ガラスと光学機械と照明の詐術なんだよね。ありもしないものを舞台上に見せる。それを疎外論をやるときにマルクスが何回も、労働者にとって彼が作った商品が、その瞬間から目の前のファンタスマゴリアでしかない、といっているのを、ただ「幻」と訳されてもなぁというのがあるな。**ベンヤミン**が提起した問題。新しい**ルイス・キャロル**論を書いたエリザベス・シューエルが、このマルクスとファンタスマゴリアの関係をずいぶん書いていて、びっくりした。しかし、中沢くんのその仕事、完成が楽しみだね。

マルクス→p.91, p.141, p.154

ファンタスマゴリア
一八世紀末にフランスで発明された、幻灯機を使った幽霊ショー。一九世紀に、特にイギリスで大流行した。

ベンヤミン
ヴァルター・ベンヤミン。一八九二—一九四〇。ドイツの批評家・評論家。ユダヤ神秘思想とマルクス主義を背景とする独特の思想を展開し、神秘的洞察力に満ちた多くのエッセイを書いた。著書に『複製技術時代の芸術』『パサージュ論』。

ルイス・キャロル
一八三二—一八九八。イギリスの数学者、論理学者、作家、詩人、写真家。『不思議の国のアリス』の著者として高名なほか、さまざまな実験的手法やノンセンスを積極的に導入した。その他の著書に『鏡の国のアリス』『枕頭問題集』。→p.158, p.177

エリザベス・シューエル→p.4, p.33, p.83, p.160

第4章

軽業としての学問
山口昌男をめぐって

本に出合う、本人に出会う

中沢　今日はまず高山さんの**山口昌男**との最初の出会いからおうかがいしたいと思います。

高山　いきなり？（笑）僕はもともと山口昌男がどういう人なのかまったく知らなかった。『ユリイカ』の道化特集（一九七三年六月号）があったでしょう。そこに山口さんの「道化と詩的言語」という文章と井上ひさしとの対談（「近代日本の道化群像　祝祭空間の成立へ向けて」）が載っていた。**ウィリアム・ウィルフォード**の「王・英雄・道化」も訳出されていて、バランスのとれたいい特集だったんだ。

中沢　そのときの編集長は**三浦雅士**さんですか？

――そうです。そのときは山口さんからずいぶんアイディアをいただいたようです。のちに『現代思想』でも山口さんの発案から「1920年代の光と影」という特集（一九七九年六月臨時増刊号）をしています。

高山　そのころ僕もウィルフォードの『道化と笏杖』を読んでいて、

＊――初出『ユリイカ』二〇一三年六月号「特集＝山口昌男」、青土社。「軽業としての学問――ヘルメス・トリスメギストスとトリックスター」を改題。

山口昌男
一九三一―二〇一三。文化人類学者。「トリックスター」概念や中心―周縁理論を援用し、あらゆる分野を横断する評論活動を行って、特に一九七〇年代の日本の知的状況を挑発・活性化した。八〇年代に流行する「ニュー・アカデミズム」は、山口昌男の存在ぬきにはありえない。晩年には幕末以降の人的ネットワークを独自の視点から探る歴史人類学という分野を切り開いた。著書に『道化の民俗学』『「敗者」の精神史』。→p.148, p.164, p.189

ウィリアム・ウィルフォード
一九二九―　。アメリカの心理学者、英文学者。ユング派の分析家としての顔ももつ。

一九八三年に晶文社から翻訳を出させてもらった。失礼だけど、ありきたりの書評しか出なかった。予備的な教養がないとしんどい本とはいえ、日本の第一級の読者も意外とだめなのねと思っていたら、山口さんの書評が『海』に載った。それによるとこの本は中身を紹介してもしょうがない、実際に読んでもらって同一化されない限りこの本の意味はない。そのかわり、褒める点がいくつかあって、図版だっていうんだよ。僕は『道化と笏杖』がヴィジュアルによってバラバラな時代と空間を一本の線で並べてしまう方法に衝撃を受けたわけだ。当時は一枚の絵を入れるたびにコストがいくらかかるとか、学術書にヴィジュアルを入れるという習慣がなかった。そこを山口さんはめちゃくちゃ褒めて晶文社はなかなかいい感覚の編集をやったじゃないかと。それは中身にしか触れないほかの書評者とはぜんぜん違う。中身はとにかく読めと（笑）。その書評にお礼を書いたら、お礼がまた気に入られちゃって、いっぺん会おうと国際交流基金かなにかの対談でお会いした。開口一番、「なんで君のことが好きなのかわからないけど、君のことが好きなんだよ」と（笑）。こういう出会い方もあるんだなあ。

中沢 けっこうたらす人だから。

高山 うまいんだよ、それもとてもナチュラル。そのあたりを今日は中沢

三浦雅士
みうら・まさし。一九四六―。編集者、文芸評論家、ダンス評論家。『ユリイカ』『現代思想』の編集長を歴任した。著書に『私という現象』『人生という作品』。

君とも話してみたいんだけど、君も人たらしだよね（笑）。

中沢　僕の場合は大学一年生くらいのころに**エリアーデ**の『シャーマニズム』を原書で読んでこれはすごいと衝撃を受けたのがきっかけです。そのころは理科の学生だったけれど、エリアーデなども頻りと読んでいました。それでこの本に言及している人は誰かいないかと髙山さんと同じようなことを考えて、国会図書館で『季刊民俗學研究』を開いていたら、そこに山口昌男という人がかなり破天荒な書評を書いていた。人類学者でこんなひとがいるんだと。同じころに『社会人類学』にもローラ＆ラウル・マカリウスの“Essai sur l'origine de l'exogamiede et de la peur de l'inceste”の書評を書いていて、それ以来、山口昌男なる人物に関心を持つようになりました。

そのうちに『文学』で『道化の民俗学』の連載が始まり、『中央公論』で『本の神話学』の連載が始まり、僕は夢中で読んでいたんです。そのころ叔父の網野善彦さんに「山口昌男ってとってても面白いじゃない」といったら、網野さんが「彼はもともと国史なんだよ」と、「すごく面白いけど、雑だね」って（笑）。ただ、国史からあんな人が出ること自体がすごい事件なんだという話をしていましたね。

エリアーデ
ミルチャ・エリアーデ。一九〇七—八六。ルーマニア出身の宗教学者、作家。シャーマニズム、ヨーガ、宇宙論的神話に関する学術的著書と幻想文学、自伝的小説で有名。著書に『シャーマニズム』『イメージとシンボル』。

網野善彦→p.63

髙山　でも国史の側は無視だろう。国史にはショックを与え損なった。与えられる感性がないとねえ（笑）。

中沢　むしろ国史より国文学ですよね。**風巻景次郎**の流れがあって、そこには山口さんの書いたものはかなり影響を与えていたみたいです。だから僕の場合も最初は愛読者なんです。そうやって接近が始まり、近づくようで接触はしないという時期がかなり続くことになる。僕は宗教学科に移ってすぐに**植島啓司**さんに出会うんですが、植島さんが僕を**小松和彦**さんに紹介してくれた。

髙山　悪いめんつだなあ（笑）。

中沢　小松さんとはすぐにすごく仲よくなって。小松さんは山口昌男を神格化してその知識に憧れていろいろ始めていたんです。僕は生物学から来て、数学とか哲学とか、とにかくなにをやっているのかよくわからない人間だったんですが、小松さんと付き合っているうちにだんだん山口昌男という人の噂話も聞くようになって、これは自分の嗜好に合っている人かもしれないなと思うようになった。そこでコルネリウス・アウエハントの『鯰絵』に出会うことになる。

髙山　すごい本だった。あのころ、せりか書房は輝いてた。

風巻景次郎
かざまき・けいじろう。一九〇二―六〇。国文学者。『古今和歌集』『新古今和歌集』の復権に寄与した。著書に『中世の文学伝統』『日本文学史ノート』。

植島啓司
うえしま・けいじ。一九四七―　。宗教人類学者。ミルチャ・エリアーデのもとで学び、各地でフィールドワークを行う。競馬好きとしても知られる。著書に『男が女になる病気』『性愛奥義』。

小松和彦
こまつ・かずひこ。一九四七―　。文化人類学者、民俗学者。口承文芸論、妖怪、シャーマニズム、民間信仰などを研究。著書に『異人論』『「伝説」はなぜ生まれたか』。

コルネリウス・アウエハント
→p.78

中沢　小松さんは山口さんから『鯰絵』を紹介されて、小松さんが「じゃあ一緒に翻訳しようか」「でもさ、小松さんと僕だと文献とか弱いじゃない」って（笑）。お互いの弱点もわかっていたので、当時筑波大学の**宮田登**の弟子だった飯島吉晴くんと古家信平くんを紹介してもらって、四人のチームで翻訳を始めた。翻訳ができ上がったときも山口昌男はそれを知っていたのに、なんの反応もしなかった。お世辞でも会いたいとかいってきてもいいのになあ（笑）、なんて思ってたんですよ。そうこうするうちに僕は急に関心が拡大して、チベットに行っちゃったわけです。その間もいろいろ知的遍歴はありますが、山口昌男のことはいつも頭の片隅にありました。

三年ほどして日本に戻ってきたら小松さんが柳田國男賞をもらって民俗学界のスターになっていたんですが、そうしたら山口昌男から突然、「お前に会いたい」って電話がきたんです。「先生のこと尊敬してます」とかなんとかおべっかをいった記憶があります。すると先生、「いや、そうじゃなくて、小松がお前の悪口をすごくいうんだ。あれはひどいヤツだから、先生も気をつけろ」と頻りというから、「俺は小松が悪口をいうような人間にむしろ関心を持つ。ぜひお前に会いたい」って（笑）。

宮田登
みやた・のぼる。一九三六―二〇〇〇。民俗学者。天皇制に関する研究や都市民俗学を提唱したことで知られる。著書に『ミロク信仰の研究』『都市民俗論の課題』。

高山　じゃあ僕もそうなのかあ?!（笑）会いたいって意味が今わかったぞ。

中沢　それで大塚あたりの喫茶店で会って話をしているうちに「お前、話と違っていいヤツじゃないか」となって、そこでいきなり「お前、俺の助手になるか」と来た。僕はプー太郎だったものですから「やります！」と言ったら、山口さんは条件があると。俺の悪口をいわないこと、それから俺のことを「先生」と呼べ。あとはなんでもいいというんですよ。

高山　面白いね。

中沢「お安い御用ですよ、先生」（笑）。「お前もうまいヤツだなあ」とかいって、それで山口さんは僕をＡＡ研（東京外国語大学アジア・アフリカ言語文化研究所）に突っ込もうということを始めたんです。ところが、**中根千枝**さんが自分の学生を入れたくて、猛反対で教授会がこじれにこじれ、僕がからむといつも教授会がこじれるんですけど(笑)。最後の最後に中根千枝が「山口くんは中沢くんのいったい何がいいっていうの」と質問したら、山口さんがすかさず「彼はブリリアントなんですよ」って。山口さんによると「あのとき俺は一瞬焦ったな。俺は田中康夫の『ブリリアントな午後』が頭にあって、そのままブリリアントっていったんだけど、中根千枝がそれを知っていて『そんな田中康夫みたいな人を入れてどうするの』っ

中根千枝
なかね・ちえ。一九二六―　。社会人類学者。『タテ社会の人間関係』は代表的な日本人論として広く読まれ、世界一三カ国語に翻訳された。女性初の東大教授としても知られる。その他の著書に『未開の顔・文明の顔』『家族の構造』。

て反撃が来たら俺はもうイチコロだった」って。幸いにして中根千枝は『ブリリアントな午後』を知らなかった。「あら、ブリリアントなのは研究所で山口くんひとりで十分じゃない？」って上品なことというから、山口さんが「いや、ブリリアントはふたりいても三人いてもいいんですよ」と切り返して勝ったそうです（笑）。

高山　いい人事だなぁ。

中沢　そうして僕は首の皮一枚でＡＡ研に入ることになり、山口さんとの二人三脚を始めたんです。

高山　ふたりの関係はＡＡ研ではうまくいったの？

中沢　思えばいい助手でした。僕と高知尾仁《たかちおひとし》さんが助手にいて、岩波の「叢書 文化の現在」の研究会をＡＡ研でやっていて、それを組織してたのが僕らだったので、あのときは面白かったですね。中村雄二郎、武満徹、井上ひさし……、多士済々、当時の日本の知性がぜんぶ集まってきたようなところで僕らが裏方作業をやっていた。実はその研究会には浅田（彰）くんも呼ばれて来ていて、それから栗本慎一郎さんがいたでしょう、柄谷行人さんもいたんですね。

高山　考えてみるとすごいね（笑）。

中沢　浅田彰と僕は非常に仲よくなった。同じ時期に『現代思想』に並行して書いていて、そうやって書いた論文がたまって単行本にする時期がまったく同じだったんです。ふたりで「こんな難しい本、三千部売れるかな。売れたら食事会でもしようね」なんて話していた。本が出てしばらくしたら朝日新聞のNさんという若い記者が「ニュー・アカデミズムの出現」という記事を書いて「ニュー・アカデミズム」と造語したんです。そこからとんでもない日々が始まった。一週間後には三万部、五万部となっていくという異常な事態が浅田くんと僕をめぐって始まってしまった。最初は山口さんもすごく喜んでくれて、「俺のなかからこんな文化ヒーローが生まれてくるのはうれしい」みたいにいっていたんですけど、あんまり表に出始めるとやっぱり関係がうまくいかなくなる時期があって、山口さんとの接触はなるべく火の子（新宿のバー）に留めるようになりました。そのとき高山さんに会ったんですよ。「こちらが高山宏だ」って紹介されて、僕は高山さんのことはよく知っていましたから、へえーっ！と思って。

高山　どう、全然変わらないだろう。

中沢　**巖谷國士**という人が夜でもサングラスをしていて、夜もサングラスをする人がここにもいるんだって（笑）。最初に会って、「高山さんは実に

ニュー・アカデミズム→p.95

巖谷國士
いわや・くにお。一九四三―　。フランス文学者、文芸・美術・映画評論家、作家、エッセイスト。シュルレアリスム、ユートピア思想、オカルティズム、民話・メルヘンなど、非常に広い分野にわたる著述活動を行う。著書に『シュルレアリスムと芸術』『地中海の不思議な島』。

いろんなことよく知ってるんですね」なんて話をしたの、覚えてます？

髙山　覚えてます。そうか、初対面は火の子かあ。マダム内城育子の城だ。

中沢　そうなんですよ。だから山口さんと本当の蜜月だったのは二年くらいだったかな。

髙山　ふうん、微妙になっていくわけか。それ、山口さんという人のキャラクターからすると当然だろうね。彼はよくも悪くもそのまんまの性格なんだよ。僕は彼に学問以外で感心されたのはたったひとつしかない。あるとき坪内祐三『靖国』だったかな、べた褒めの書評をしたら山口さんから電話がかかってきて、「お前は面白いヤツだな。人を見る目とそいつの仕事を見る目はちゃんと分けるんだ。俺はダメだ」みたいなことをいうから、この人はこんなにシンプルなのかと、大学者のわりにストレートに向かってくる人だなと僕はその電話にすごく感心した。

坪内祐三→p.123

アナロジーの胚胎

中沢　山口さんと付き合ってるとやっぱり北海道の人なんですよね。ストレートで、隠し立てがなくて、自分の中に少しでも嫉妬心が湧くとそれをそのまま相手にぶつけるし、怒りが湧けばそれをぶつける。そういう意味では本当に自然児なんです。

髙山　嫉妬かあ。そういえば、山口さんを支えている初期のテーマは嫉妬だよね。たとえば『本の神話学』でもそれが強烈に印象に残っている。日本の学者は自分より優れたものに出会ったときに感心するふりばかりで、あこいつにできて俺にはなんでできないんだ、俺はバカじゃないかって、あるいはこいつはどこかで嘘をついてるんじゃないか、そういうことを俺の周りの人間はどうして考えないんだろうと書いている。大論文の中にこういうことを平気で書くスタイルがあるのか！と。いちばんいけないのは、僕は山口さんのそういうところにハマっていって、大論文の中でひとの悪口を実名で書くことが許されると思い込んじゃったわけだ（笑）。これはジェラシーというよりも創造的な嫉妬なんだけど。

中沢　そういう創造的嫉妬がもっとも発揮されたのは「柳田に弟子なし若き民俗学徒への手紙」（『人類学的思考』）という柳田國男が没した直後に書かれた論文ですね。まさに目を剝くような文章です。柳田には弟子なんかいないんだと、弟子というのは先生に激しい嫉妬心を持ち、先生も弟子に嫉妬してときにはいじめたりしながら、切磋琢磨してやっていくのが師弟関係なのに、柳田にはそんなのいないじゃないかと。唯一あるとしたら折口信夫だけ。柳田は折口にものすごく嫉妬して、いじめまくったわけですが、折口はマゾだからそれに耐えることによって愛情表現をするという関係を保ち続けた。山口さんは折口と柳田の関係はけっこうイケてると思ってた。

髙山　いまの話でもわかるけど、本当に素のキャラクターが前面に出るんだよね。あれだけテクスチュアルに頭が構成されているひとがなんでこんなシンプルな対応をするんだろうと思ったことが再三ある。

中沢　たとえば東大の先生を見ていると蓮實重彥さん、由良君美さん、見田宗介さん……、みんな複雑に入り組んだ感情と知性を折りたたみながら、自分の考えにクッションをつけて出してくる。ところが、山口昌男には媒介がない。僕はレヴィ＝ストロースとの大きい違いはそこにあると思って

柳田國男→p.72, p.82
折口信夫→p.50, p.72, p.178
由良君美→p.50, p.76
レヴィ＝ストロース→p.26, p.45, p.68, p.83

きました。

レヴィ＝ストロースは道化の問題も考えるんです。初めて道化の分析を論理的に定式化したのはレヴィ＝ストロースだったかもしれない。その場合、彼は**トリックスター**を「媒介者」とはっきり名づけるわけです。山口さんも「媒介者」という言葉は使うけれど、論理的媒介として位置づけるのではなく、過渡的に流動して動いていくもの、どこにも収まらないニッチみたいなものをそのまま造形してしまう。だから『道化の民俗学』をみるとうさぎ、アルレッキーノ、パンチとみんな直接造形している。僕はそういう直接的な造形が山口さんの精神構造のいちばん重要なポイントだと思っていて、それを僕は愛してもいるんです。

ただ、ヨーロッパの学問は根本的に媒介の構築物によって成立していますから、現実を直接的に概念化したものを物語的に最後まで突っ走らせるものを学問とは認めないんです。常に反立が提起されて、媒介の繰り返しによって織り上げられるのが学問なのに、山口さんはそれをやらなかった。

髙山　そういう議論と彼のキャラクターは別のところにあるんだ。育ちや環境を含めてめったに許されない境遇が山口昌男にはあり得た。要するに甘えん坊の子供がそのままキャリアのなかに取り込まれていったようなも

トリックスター
神話や物語の中で、神や自然界の秩序を破り、物語を引っかき回すいたずら好きとして描かれる人物のこと。策略や詐術を用いる狡猾さや賢さをもつ一方、欲望を制御できず失敗する愚かものでもある、といったように両面性や矛盾をはらむ存在である。→p.135, p.148

のだよ。ところが、周りの人間はいまの中沢くんみたいに議論を積み立てて、なんでこいつはそんなシンプルなことをいうんだって悩むわけだ。山口さんはキャラクターの部分で本当に恵まれていて、その問題なんだよ。とても珍しいスタンスだね。

中沢　優しくて理解のある女性たちに取り囲まれて、山口さんはその中でもう天真爛漫に育った。ストレートに女性を信頼できた。僕などは女性に信頼を寄せて近づいていくと、裏切りに遭うという哲学で。

高山　あっ、そうなの（笑）。いきなりこの対談のキモだ（笑）。

中沢　僕の最初の強烈な記憶というのは、母親の乳首に顔を近づけたらそこに唐辛子が塗ってあって、火がついたように泣いたというものなんです。愛情を求めていくと裏切りが起こるという、最初の衝撃的体験でした。失望を反復するというフロイト的人格ができてしまった。これは僕の妄想ですけど、女性はストレートに自分を守ってくれるものではなく、鬼子母神のように子供の僕を殺しにかかってくることもある存在だという考え方が発達しました。山口さんを見るとそういう否定性がまったくない。高山さんもそう？

高山　そう（笑）。僕はそういう君が好きだっていわれちゃったわけだよ。

フロイト→p.89

最初に会ったときに「なんでこんなにわけがわからないのに君の書くことやいうことが僕は気に入るんだろう。これからも仲よくね」といわれたときに何だろう？と思ったんだけど、よく考えるとそういうことなんだ。いきなり山口さんから中沢くんの核心的な話になってどうしていいかわからないが（笑）、山口さんもとてもその傾向の強い人だけど、要するに論理的に考える前にアナロジーが出てくる。僕が見ているとアナロジカルな人の八割はマザコンだね。お母さんとの関係がうまくいっていなくてアナロジーが発達している人間を僕はあまり知らない。

中沢　ところが僕はアナロジー人間でもあります。

髙山　いや、君は論理的な人間だよ。アナロジーを見つけるのもうまいけど、そのあとの論理的な処理でお金を稼いでいる。僕なんかアナロジーだけで（笑）、「似てる似てる」と騒いで、それがなんで似てるのかという分析ができない人間だからさ。中沢くんの本を読んでいて、とても楽しいのと同時に、どうしてこういうものを出してきてこの人は説明ができちゃうんだろうという驚きは『チベットのモーツァルト』以来あるんだ。

中沢　山口さんが奥さんにいったらしいのですが、「中沢というのは悪魔だけど、書くものはなんでこんなに面白いんだ」って。あとで山口さんに会ったとき、「僕は悪魔じゃなくて、**ケルビム**なんですよ」って。

高山　ケルビムは半分悪魔だから。中沢くんやミシェル・セールの天使論の妙味はそこにあるわけだろう。天使は一六、七世紀からやたらと子供のイメージとくっつけられちゃったけど、根源的には悪魔なんだよ。

中沢　そうなんです（笑）。半分悪魔が入っているのが天使というもので、その天使に僕は自分の理想を見てきました。山口さんは悪魔ではありません。

高山　しかし、山口さん、なかなかいいことをいってるんだ。「あれは悪魔だけど、書くものはなんであんなに面白いんだ」か。でもそれは書く構造の基本を押さえているな。インスピレーションが降りてくるときは悪魔なんですよ。Furor poeticus というのは神の狂気だから、いいものではない。それが面白いものを面白く書くということに関わっている。

中沢　書くという行為はそういう意味ではたいへんスリリングで面白いですね。そこに天使の戦いが繰り広げられている。しかも、天使のなかにある悪魔と格闘しながら生み出されてくるものだから。

高山　お世辞いっていい？　「**エクリチュール**」という言葉が流行ったときに僕はエクリールできているのは君だけだと素直に思っていた時期がある。

ケルビム
天使の一種。神の姿を見ることができるとされることから、智天使という訳語があてられた。

エクリチュール
文字、書かれたもの、書く行為。主に話し言葉に対する書き言葉という性質を際立たせるために使われる。

中沢　自分でもそう思うことがあります(笑)。あの言葉が登場するきっかけは『**テル・ケル**』です。ロラン・バルトが有名にしたけれど、もともとは**フィリップ・ソレルス**でしょう。僕は当時、ソレルスにたいへん感心していて、いちばん感心したのは**ダンテ**論（"Dante et la traversée de l'écriture"）でした。僕にとってダンテはものすごく重大な存在で、いまだに抱えている。ソレルスのダンテ論を読むと、Traversée de l'écriture（エクリチュールの横断操行）というのは、地獄から煉獄、天国へと上昇していく運動体全体こそがエクリチュールと呼ばれるものであって、作品に定型化できるエクリチュールというのはないんだといっている。バルトがそれを見事に展開しました。あれはものを書くということは何なのかという僕の中の根本的な姿勢を決定しました。

髙山　ecrireってもともとはどういう意味なのかな。英語のwriteやscribeは有名だけど、木の皮を爪で引っ掻いた痕を指している。「書く」と「掻く」だね。さっきお世辞といったけど、今でもそうだなあ。外国の書き手には英語でもドイツ語でもこのひとはwriteやscribeというよりもécrireという言い方じゃないとダメという人種がいるんだ。ソレルスもそうだし、やっぱりカルヴィーノは絶対écrireしている。

テル・ケル
一九六〇年にフィリップ・ソレルスが創刊した文学雑誌。アラン・ロブ＝グリエ、ロラン・バルト、ジャック・デリダ、ジュリア・クリステヴァなどが寄稿し、ヌーヴォー・ロマンの主戦場として、また新しい理論や知の発表の媒体として展開された。八二年廃刊。→p.160
ロラン・バルト→p.163

フィリップ・ソレルス
一九三六―　。フランスの作家、批評家、映像作家。前述『テル・ケル』で実験的な小説や先鋭的な理論を発表し、同誌廃刊後は伝統的な手法を使った作品でベストセラーを放つ。著書に『公園』『女たち』。

ダンテ
一二六五―一三二一。イタリアの詩人。ルネサンス文学の先駆者で、政変による追放後、放浪しながら著作を続けた。文中で言及される作品は、長編叙事詩『神曲』で、ダンテ自身が主人公となって地獄・煉獄・天国をめぐるようすを描いたもの。

山口昌男の〝精神史〟

中沢　ともあれ、うらやましいことに、髙山さんはストレートに山口さんに愛されていたんですよ。だけど、髙山さんが山口さんと出会うのが八三年、そこに到るまでに山口昌男を形成したいろんな人がいますよね。僕はそちらのほうが好きで、気になっているんです。たとえば国文学の風巻景次郎にものすごく入れあげるし、それから**筑土鈴寛**なんかにも関心を示していた。

髙山　筑土さんはたしかによく引用されるよね。林達夫はどうなの？

中沢　僕は林達夫という人がよく理解できないんです。髙山さんはどうなんですか。

髙山　僕は理解できるところと理解できないところの両方あって、あんなにヨーロッパ一辺倒で普遍や世界を語れるものかという反発がある。ところが、長い間自分が書いてきた文章があるとき誰かに似てると思ったんだよ。そうしたら『精神史』の真似だった（笑）。それはけっこうショックがあったな。自分のオリジナルだと思っていたことがけっこう林達夫のパロ

筑土鈴寛
つくど・れいかん。一九〇一―四七。僧侶、民俗学者。折口信夫の後継者のひとりと目されていた。著書に『復古と叙事詩』『宗教芸文の研究』。

林達夫→p.24

ディだったかもしれない。

中沢　林達夫はいっぱい読みましたけど、僕にはほとんど何も残していません。

高山　途中から彼自身が自分を裏切るようになって、自分が高く評価した世界を平気でおとしめるようになっちゃうよね。『精神史』のなかでも**ヤン・コット**はすごいといいながら、こんな詐欺師に騙される君はバカだと書く。あんなのどうやって書けるんだろう。

中沢　ヤン・コットは詐欺師だからすばらしいじゃない。

高山　いや、そうなんだよ。しかし、ヤン・コットやグスタフ・ルネ・ホッケを取り上げながら、けっきょく詐欺師だって切り捨てた林達夫は強烈に印象に残った。こういうことが平気でできる人なんだと。誰も知らない世界で自分が推している相手をこいつは山師だと書く、それはやっぱり『精神史』のキズだよ。それに基本的にヨーロッパ中心主義でアジア・アフリカは入ってこない。

まあ山口さんのアフリカ論がそんなに本質的なものかどうかはまた議論しないといけない。実は僕は抵抗あるんだな。でも山口さんにはアジア・アフリカの視座があって、自分でフィールドワークをしたからただブッキッ

ヤン・コット
一九一四―二〇〇一。ポーランド出身の文学者、批評家。主著『シェイクスピアはわれらの同時代人』は、シェイクスピア解釈に大きな転換をもたらした。その他の著書に『古典作家の学校』『シェイクスピア・カーニヴァル』。

グスタフ・ルネ・ホッケ→p.4, p.68

シュにイメージを作り上げている連中とは違うという議論も一方にあるけれど。

中沢　いや、違うでしょう。そういうんじゃない。

髙山　僕もその議論は違うと思ってきた。彼は基本的にひょっとしたら最悪の意味でブッキッシュだから（笑）。

中沢　ただ、北海道のブッキッシュであって、東北のブッキッシュとは違うのかな。

髙山　うん、何？　その青函連絡船の違いは。

中沢　あるんだ、やっぱり（笑）。僕らを解放してくれた山口昌男というのは学問とはこういうものだということを教えてくれました。そういう学問の愉しみを日本人でやった人間は少ない、そのひとりに林達夫がいて、『芸術のチチェローネ』があると山口さんが書いているから、読んでみると全然面白くないし、楽しくもない。ところが山口昌男は楽しいんです。今までつながっていなかったニューロンが縦横無尽に連結網を増やしていく。理屈よりもアナロジーによってどんどん拡大されていく。山口さんは絵もうまくて、みんなあんまりいわないけど、僕が大きいコンプレックスを持ったのは山口さんのマンガのうまさだった。

高山　ただ、彼の二番煎じのビブリオフィルからいわせると、アナロジーでもないんだ。神がかり的にこの本の次はこの本へ行くだろうというのがスポーンと出てくる。アナロジーも一種の神がかりなんだけど、山口流はふつうの読書法や読書術とは全然無縁の世界だよ。それ自体がホーリーなにかであるようなのが山口昌男の読書術。それが松岡正剛の読書術とも、ひょっとして種村季弘のそれとさえ全然違う。それが面白い。

中沢　それをいちばん感じたのは『未開と文明』というのを山口さんの編集で平凡社から出した本の序文でした。

高山　あれは衝撃だった。いや、今でもだね。

中沢　序文として書かれた「失われた世界の復権」というのは文章としてみるとすごい悪文で。だけど、そこでつなげられているものの意外性、なんでここへこうつながっていくのかという驚きの連続でできている論文ですよね。僕はあんなものすごい内容の天才的な悪文というのはいまだに見たことがない。

高山　しかもあれだけ引用が多いと、普通の日本人の読者からすると今でいうコピペ文章でしょう？

中沢　ただ、今のコピペは次に何が引っ張られてくるかだいたい予想がつ

松岡正剛→p.91
種村季弘→p.20, p.44, p.189

くけれど、山口さんのはわからなかったですね。ええっ！と思うようなものがつながっていた。

高山　それはよくいえば彼の才能だし、悪くいえば結局読者の一般教養がなかった。同じ一九六九年の澁澤龍彦の「魔的なものの復活」もそうだね。ところが、今は耳学問はすごいからレヴィ＝ストロースの次は誰とか、こいつはこいつと喧嘩してみたいなこととか、その本を読まなくても頭に入っている。それがなかった時代に、ものそのものがどんどん出てくるとそういう印象を受けたんだろうな。

中沢　山口さんの読み方にいわゆる旧制高校の教養というのは関係あるんですか。

高山　あるだろうね。基本的に洋物を紹介しているんだけど、サッと狂言だとか日本のものを持ってくるところはそうだろうし、特にアナロジーは洋物オンリーで勉強してきた人が出してくるものとは全然違うものがポンポン出てくる。

中沢　たとえば歴史学者の**平泉澄**はヨーロッパのこともかなり深く知っていながら、一方ですぐに『太平記』なんかがバンバン飛んでくる。そういう教養のあり方を僕はハイカラだと思ったんです。つまり日本とヨーロッ

澁澤龍彦→p.72, p.120

平泉澄
ひらいずみ・きよし。一八九五－一九八四。歴史学者。皇国史観の代表的歴史家といわれる。

パの古典教養を縦横無尽に交錯させる。ところが、今は決まったフォルダの中から選択している。松岡正剛さんはフォルダを作りなさいと推薦するのですが、山口昌男の場合はそういうフォルダ作りじゃない知の整理箱を形成していた。

髙山　まだ時代の方が遅れていたからそういう意味で彼はとても見栄えで得したのと、この人にだけどうしてこれだけのものが降りてきたのかという驚き、このふたつがつながっていたのが一九六〇年代の山口昌男だと思う。七〇年代は僕からするとすでに整理段階に入っていて、正直あまり面白くなくなる。

中沢　論理派の僕としては『文化と両義性』とかはちょっとダメなんですよ。山口さんの弱点じゃないのかなと思うところが出てしまっている。山口さんの思考方法は本来、ヘルメス的に異なるフォルダを飛び交うものですよね。それに対して岩波の編集者は山口さんに媒介的論理を求めた。それで『文化と両義性』みたいなものを作るんだけど、山口さんは弁証法が弱いから同じパターンを繰り返して、中心と周縁、周縁における中心の再活性化というのを繰り返し語ることになる。いろんな事例を持ってくるんだけれど、パターンは変わらないんですね。山口さんにそんな要求をしな

ヘルメス→p.136, p.146, p.174

ければ『本の神話学』や「失われた世界の復権」みたいにヘルメスのように縦横無尽に飛び交うことが可能だった。もっと豊かな世界が繰り広げられたはずだったのに、金太郎飴みたいな論理世界に陥ってしまった。

高山　どこを切っても同じものをいっている。山口さんに『歴史・祝祭・神話』を書かせた編集者が悪い（笑）。向いてないことをやらせた。僕にも同じことをもちこんできた。でも晩年というと失礼だけどね、後年の先生自身いうところの歴史人類学はどう思う、あれも金太郎飴？

中沢　いや、歴史人類学の仕事のほうはべらぼうに面白い。「敗者」の歴史人類学というのはそういう中途半端な弁証法を捨てたんだと思います。

高山　歴史人類学というのは、本当に金字塔的な鉱脈を発見したんだと思う。好事家があういうマイナーな人たちについてとやかくいうのはこれまでにもいっぱいあっても、あれだけひとつの時代の体系として議論するというのはあり得なかった。彼はそれをひとりでやってしまった。あの仕事はみなさんもうちょっと高く評価しないといけないと思う。この人はこの人と出会ったからこうなったみたいな程度の低い知的交流史を書く人はあちこちにいるけども、トータルに知的な営みとして歴史人類学というふうに成り立つということを示したのは彼が初めてじゃないかな。あれだけのスケールをもっていちばん大事な文化的時期を選んでそこに生じた人的交流を書ききった人はおそらくいない。それに趣味としてもマイナーな人を探すのが異常にうまいんだ。これは時代が要求し、そして才能が揃った稀有な知的営みの瞬間だと僕は考えている。最初期の一種の読書術に引っ張られてアナロジー三昧でやっていたヘルメス的時期に比べるとものすごく時間も手間暇もかかっていて、山口さんの業績評価としてはこちらのほうが残ると思う。坪内祐三氏の陰の協力も貴重だ。歴史人類学は世界的なチャートのなかでone of manyとして山口昌男がいたねという話ではなく、彼が創り出した世界なんだ。

中沢　あの仕事を始める前の時期に僕は山口さんとけっこう付き合っていて、いろいろ面白かったんだけど、彼が**小林一三**といったタイプの実業家という存在に目覚めた時期が重要です。

高山　『経営者の精神史』のヒーローだね。『経営者の精神史』はショッキングな本だった。経営者というのは実はマニエリストなんだということがガーン！　と衝撃とともに入ってきたよね。

中沢　山口さんはアントルプルヌール（entrepreneur）——起業家という存在に気づいたんです。「文化の現在」や『文化と両義性』をやっていた時期

坪内祐三→p.108

小林一三
こばやし・いちぞう。一八七三―一九五七。実業家、政治家。阪急電鉄や宝塚歌劇団をはじめとする阪急東宝グループの創業者。鉄道を起点として都市開発、流通事業を進める私鉄経営モデルを作り上げた。

に山口さんを取り囲んでいたのは実は電通的世界だったんですが、電通的なものはやがて山口さんを使い捨てにした。それには内心傷ついていたと思う。そこで彼は広告業界とは違うものに興味を持ち始めて、アントルプルヌールに関心を抱いた。それはすごく新しいと僕は思いました。

それで山口さんは、小林一三のことを一所懸命調べ始めたんです。小林一三を調べていくと山梨に行き当たりますけど、そうしたら僕の家のことまで調査するようになった。あるとき電話がかかってきて、「お前、ちょっと会いたい」というから山口さんのところに行ったら「お前のルーツがわかった！」って。なんだろうと思うと、「敗者」という概念のなかに見事に収まる一族だというんです（笑）。小林一三も成功はしたけれど、アントルプルヌールというのは長い間、社会的にはそれほど高く評価される存在じゃなかった。ことに知識人の間ではそうですね。それに真っ先に目をつけて、新しく始まる学問を見出したわけです。

高山　これは山口昌男を論ずる意外なキーワードでうれしいんだけど、アントルプルヌールとフランス語でいうけど、英語風にいえば「インヴェント」だよね。つまりイン‐ヴェニーレ、「間に来る」のは何だろう、ヘルメスだよね。前にも中沢くんと話したことあるよね。今日のお話なら媒介の

インヴェント、インヴェニーレ
→p.81

問題だ。最広義のマニエリスムの定義でもある。

中沢　要するにヘルメスをどう造形するかというのは常に矛盾に満ちていて、山口さんのように一個のフィギュアとして作った人もいるし、ドゥルーズのように複雑に媒介させてやった人もいる。しかしそういう中では山口さんのがいちばんストレートで素朴な愛すべき造形だった。

髙山　幼児的（infantile）な造形。これは別に貶下しているわけじゃなくて、そういう人はほかにいない。

だけど、大学で教えていてショックなのは、クラス四〇人に中沢新一を知ってるかと訊くと四、五人はいるわけだよね。ところが、いまサブカルチャーの源泉としてのカウンターカルチャーというゼミナールをやっているんだけど、澁澤龍彥を知らないのが一〇人のうち七人。種村季弘なんかもっと知られていない。これはとても悲しいというか、情けないことだし、それをつなぐべき僕らの責任もあるだろう。

でもちょっとポジティヴな話をするとこれから澁澤や種村、山口を読ませるチャンスでもある。全然先入観がないんだ。三〇年で文化は一サイクル変わるっていうけれど、そういう妙なタイミングに入っていてそれを目の当たりにしてるよ。中高で教えるのは難しいといっても現代国語で小林

マニエリスム→p.26, p.68, p.189
ドゥルーズ→p.4, p.73, p.146
小林秀雄→p.44, p.61

秀雄なんか読む暇があったら、『道化の民俗学』を読んでこいとか、夏休みの宿題に『本の神話学』の感想を書かせろとか思わず怒鳴りたくなるよね。

中沢　この間、高橋源一郎と話していたら学生にいろんな評論文を読ませてその文章が好きか嫌いか採点してみたんだって、いちばん評価が低かったのは小林秀雄、書いてる内容がバカみたいって（笑）。しかし、山口昌男はもっと読まれた方がいいです。

高山　それは絶対そうだね。これは半分皮肉にも聞こえるけど、実際彼はそういう啓蒙のレベルをものすごく意識していた。たとえば『本の神話学』の最後の文献目録なんて読書案内以外のなにものでもないんだから。

エキセントリックな学者

髙山　「奇（strange）」ってあるよね。奇人とか奇癖というけれど、あれはけっこうでかい概念なんだ。最初に「雑」とおっしゃったけども、雑学や雑誌の雑。この雑と奇が山口昌男を捉え、彼を取り巻くコンテクストを明らかにする二本柱だと僕は何十年か思い続けてきた。日本は奇人といえば、僕がいい例だけど、誰も相手にしてくれない。何をやってもだいたい奇癖といわれるんだよ（笑）。でも英語でいうと、eccentricだよね。

中沢　中心を外れた。

髙山　そうそう、さすが。たとえばイギリスはイングランドとスコットランドの弁証法がきつくて、ロンドンとエジンバラはいわば敵と味方、天国と地獄。日本にはそれがないから。お上と下々なんていう曖昧な概念を口にしたって、実際は中心と周縁なわけだ。その周縁もmarginalよりもeccentricの方が面白い。

中沢　僕は中心と周縁というのはあまり正しい概念とは思っていなくて、eccentricの方がいいんですよ。しかもそれは円じゃない。

イングランド／スコットランド
→p.64, p.155

高山　楕円ですか。

中沢　そう、楕円なんです。その意味では**花田清輝**が楕円幻想を唱えた『復興期の精神』は山口昌男とも大きく呼応している本だし、日本の精神史にとってもも重要な本だと思います。花田さんのいう、手をパンっと打って楕円を描くっていうのは、中心と周縁よりも実はモデルが複雑なんですよね。

高山　あはは、そうなるとやっぱり**ケプラー**だな。いまガリレオとケプラーの関係をめぐってヨーロッパの新しい人文学は動いているんだ。たとえば**ホルスト・ブレーデカンプ**が『芸術家ガリレオ・ガリレイ　月・太陽・手』という本を書いたでしょう。ガリレオはもともと画学生を目指していて、彼が月をスケッチしているうちに頭のなかでなにが起こっていくかというのをブレーデカンプは書いたわけだけど、そんなことを言い出したらケプラーなんか、計算の上だけで今まで円といわれていたものは楕円なんだっていったわけだから。

中沢　ヒュパティアというアレクサンドリアの天文学者で新プラトン主義の哲学者の女性の伝記映画（『アレクサンドリア』）を観ました。キングスレーの伝記が元になっている映画なんですけど、映画の主題は彼女が太陽と地球の関係は楕円周期にあるということを見出すまでが一本の糸になっ

花田清輝
はなだ・きよてる。一九〇九―七四。作家、文芸評論家、新聞記者。高度なレトリックを駆使した評論で知られ、新しい大衆概念に基づくアヴァンギャルド芸術を提唱した。著書に『復興期の精神』『恥部の思想』。

ケプラー
ヨハネス・ケプラー。一五七一―一六三〇。ドイツの天文学者。惑星の軌道を楕円とすると観測結果が説明できることを発見、後に「ケプラーの法則」として知られるようになる。著書に『ケプラーの夢』『宇宙の神秘』。

ホルスト・ブレーデカンプ
一九四七―　。美術史家。科学や哲学で用いられる図像、すなわち「知のイメージ」をめぐる研究を進めている。著書に『古代憧憬と機械信仰』『ダーウィンの珊瑚』。

ていて、それが後々のケプラーに甦ったという描き方がされていましたね。

高山　eccentricにはそのあたりも関係していて、円が楕円であるということを証明するために現れたさまざまな文化を担ったひとたちの知識や社会的地位の問題がある。それはみんな円ではなく、楕円じゃないと説明できない。つまりは楕円には中心（焦点）がふたつあって、二心というか、こう考えながら実はこちらのことも考えているというような感性にとって楕円は格好のモデルで、それで宇宙を説明してもらえば素晴らしいことになるわけだ。**ティコ・ブラーエ**の望遠鏡で実際に観測した結果、どうも楕円のほうがよさそうだと議論が一致したからいいようなものだけど、そんなことはどうでもいい。ホッケもマニエリスムを説明するときに必ず円が破壊されて楕円が選ばれたという問題に行くんですよ。**フェルナン・アリン**の『世界の詩的構造』（*La structure poétique du monde*）という本があるけど、この人、どう見てもフランスの中沢新一だよ（笑）。ガリレオとケプラーの間にあるものはなにか、それを新古典主義とマニエリスムという言葉で一冊書ききっている。素晴らしい本ですよ。

山口さんの話に戻すと、中沢君と僕の印象は一致しているところが大きいので、安心した。最初期の彼のとても原始的な文化や読書に対するエネ

ティコ・ブラーエ
一五四六―一六〇一。デンマークの天文学者、占星術師。膨大な天体観測記録を残し、ケプラーの法則を生む基礎を作った。

フェルナン・アリン
一九四五―二〇〇九。フランスの文学研究者。著書に『科学の修辞的構造』『デカルト』。

ルギーが七〇年代は本来の才能とは異なるところへ混ぜられちゃったんだねえ。それが一五年くらい続いてどうなるのかと思っていたら、歴史人類学が出てきた。まさに楕円だね。その間の著作は僕自身は読むのが好きでもないし、位置づけができなくて困っているんだけど、別にそれは構わないのか。

中沢　あれは読まなくてもいいんじゃないかと思います。

髙山　結果的に山口さんは単著としては四二冊の単行本を残したわけだけど、七〇冊、八〇冊という印象があるんだよ。それは何なんだろうと考えていたらなかなか不思議なことを思いついたんだけれど、ある本に入れた文章を別の本に入れるとそこにある別の本から取ってきた別の文章と新しい関係ができる、そうやってこれで一冊作るとどうだろうという本がけっこうあるんだ。これは**マリオ・プラーツ**とかボルヘスのようなある種のマエストロにしか許されない試みであって、山口さんが意識してやっていたのか、編集者の意向だったのかはわからない。でも本は四二冊であっても、結果として表れてくる作品は七〇や八〇にも感じるというのはまさにアルス・コンビナトリアだよね。

さらにいえば、彼の扱っているテーマやその叙述の方法を中世から近代

マリオ・プラーツ
一八九六―一九八二。イタリアの美術史家、文学批評家、エッセイスト。博覧強記と厳密な文献学的考証によりヨーロッパのデカダンス精神を分析した『肉体と死と悪魔』はつとに有名。その他の著書に『ペルセウスとメドゥーサ』『官能の庭』。

初期まではアルス・マカロニカと呼んだんだ。つまり対談、論文、エッセイがひとつの本のなかに同居する「雑」ぶり。

中沢　山口さんの『人類学的思考』ってそういう本でしょう。とにかくいろんな文章がもうごちゃごちゃに入っている。

高山　たしかに『人類学的思考』はそうなんだ。『山口昌男ラビリンス』になると対談も入っているし、彼の論文を読みたいと思って本を手にとったら対談ではぐらかされ、エッセイではぐらかされ、と思う人にとってはそういう本はやっぱり異様な世界でしょう。だけど、中世ルネサンス初期まではそれが当たり前だったんだ。アルス・マカロニカというのはマカロニ料理という意味らしいけど、ヨーロッパの中世から近代初頭にあった表現ジャンルなんだよ。それははっきりいって、本来学問の表現ジャンルじゃなくて、広い意味のアート、アルスの表現ジャンルだから、ちょっと学術、学問というのを離れたところで山口昌男を評価してみると面白いかもしれない。

中沢　でも中世の「学術博士」のような本物の学者なんじゃないですか。僕はアルスという意味において山口昌男こそが本物の学者だと思っています。それに比べると吉本隆明さんは学問という意味ではちょっと貧弱で、誠実

ボルヘス→p.52
アルス・コンビナトリア→p.87

吉本隆明
→p.48, p.61, p.95, p.156, p.177

さにおいては山口昌男よりもぜんぜん誠実だけれど、知性の豊穣さということにおいては山口のマカロニふう知性にはとても及びもつかない。

髙山　フーコーのパロディストというのかな、**ミシェル・ジャンヌレ**という人がいて、『言葉と物』のパロディで『食と言葉』（*Des mets et des mots*）というふざけたタイトルの本を書いているんだけど、これがたぶんアルス・マカロニカの最高の解説書なんだよね。相手はもう当然ラブレーで、「ルネサンス期の宴会と座談」（*Banquets et propos de table à la Renaissance*）が副題。こういうのが翻訳されていたら山口昌男もまたもうひとつ位相が豊かになるというか、変わっていたと思う。文化史を専門にしている翻訳家としてはやっぱりこの人が生きている間にこれを読ませたかったたってのがいっぱいあるけども、いちばんその点数が多い相手は山口昌男だもんね。

本当にそういう意味では山口さんが亡くなったというのはいろんな意味で弟子や仕事相手、私淑していた人間にとっては大きな出来事だよ。中沢くんは弟子、というよりは私淑なんだ？　今日いちばん訊きたかったのはそこだよ。

中沢　私淑でしたね。それとも愛？（笑）

髙山　弟子ではないんだよね。

ミシェル・ジャンヌレ
一九四〇―　。フランスの文学史家。ルネサンス期の文学とネルヴァルの研究が専門。

ラブレー→p.89, p.139, p.174

中沢　山口さんの弟子と思ったことは一度もありません。だって山口に弟子なしでしょう（笑）。

髙山　きみ、どうしても悪魔なんだ（笑）。しかし、中沢新一を中沢新一たらしめ、髙山宏を髙山宏たらしめた、これはぜったいただ者であるはずはないんだよな。

中沢　それで考えたのは、筑摩書房が『山口昌男著作集』というのを全五巻で作ったけど、そういう上品なマカロニ風山口昌男のスタイルで作るべきだと思うんです。それをやるなら青土社じゃないか。『山口昌男全集』。髙山宏畢生の仕事。

髙山　いやいや、企画だけにしてよ（笑）。僕は彼のことを実はある段階から学者としては考えていない。学問を材料として造形していくアーティストなんだよ。そんな学者、ほかにいない。

僕みたいにわけのわからないことを手広くやっていると自己掌握ができなくなるときがあるけれど、そういう困ったときにたとえば『文化の詩学』なんて本を出されると、そうだ、学問って詩学なんだ！　と思うわけだ。ヨーロッパではLa Poétiqueというのは学問すべてを統合する究極のアルス概念なんだよね。自分は要するに詩を作っていて、それと詩を作る技術の問題が区別できなくなってくる。学問は学問、文学は文学という考え方はもうできなくなったというときに何がそうさせたんだろうと考えると、『文化の詩学』もそうだし、アルス・マカロニカやアルス・コンビナトリアもそう。山口昌男のアルス・コンビナトリアというのは偶然の所産じゃなくて、バラバラなものをつなげてみたら読者にどういう効果をもたらすかをみる試みなんだ。それは学者にはあるまじきことで、アーティストの仕事といっていい。

おととし（二〇一一年）の秋、僕、「学問はアルス・コンビナトリアというアート」展というのを紀伊國屋画廊で開いたけど、病床の先生へのトリビュートのつもりだったんだ。ハッピーな話、山口さんは自分とはこういうものだということがあるところでわかったわけだよね。そこから先、自分を壊して出て行くというほどのことも彼にはないし、女に囲まれた幼児なんだから、その必要は全然ない。

中沢　大人の男はどこにもいないという学問世界。

高山　イメージとしてはまったく同感だね。ムンドゥス・ムリエブリス、女たちの世界に完結。それを他人がとやかくいうことはない。だけど、そこにあえていえば僕は中沢くんから教えてもらって今も重宝しているけれど、メティス（metis 狡知）の問題がある。山口昌男に欠けていたのはメティスではないか。僕の言葉でいえばインゲニウムingeniumが足りない。エンジニアリングだね。

中沢　その話で思い出すのは、札幌大学に山口さんが『トリックスターの系譜』を書いた**ルイス・ハイド**を気に入って呼んだことがあるんですよ。そのときに山口さんとルイス・ハイドと一緒に僕も講演したんだけど、僕がトリックスターというのは本来、メティスの悪魔的な存在なんだということを話したらおふたりが沈んじゃったんです。トリックスターというのは平気で関係者も殺すし、騙すし、悪党なんだと思うんだけど、山口さんにはメティスというものに対するある種の恐れがあるんだな。こんな怖いものって、彼にとってはなにか嫌なものなんでしょうね。

高山　怖いものかあ。ウィルフォードをきっかけに山口さんと最初に会ったときにふたりの間で一種のつばぜりあいがあったのは、山口さんって神秘主義に対する感覚が極めて希薄なわけですよ。でも世界中の道化の三人にふたりは**神秘主義**者なんだよね。禅のお坊さんでもなんでも、お経を上げているうちに空中に浮遊するなんていうけど、あれはカテゴリーからいえば道化なんだ。そういう存在を『道化の民俗学』はぜんぶ排除している。

メティス→p.148, p.189

ルイス・ハイド
一九四五―　。アメリカの文学研究者、エッセイスト、翻訳家。人類学、社会学、経済学から生命科学にわたる該博な知識を駆使しつつ、緻密な分析に基づくテクスト読解には定評がある。著書に『ギフト――交易とエロス』。

トリックスター→p.111, p.148

神秘主義
神や絶対的なものと自己とが体験的に接触・融合することに最高の価値を認め、その境地をめざして行為や思想の体系を展開させる哲学・宗教上の立場。

中沢　ヘルメスだって本来はエジプト以来の暗い神秘主義の神様です。悪の塊です。山口昌男に欠けていたのは神秘主義で、神秘に足を突っ込んだときの恐ろしさを避けていたところがあると思う。そんな山口さんが僕を自分の身近に寄せておきたかった理由もなんとなくわかる気がします。僕は山口さんが抑圧しているものに関係しているんだろうな。

高山　最初の話に戻ってきたな。中沢くんは女に裏切られてできたというのはしっかり覚えておく。今日の最大の収穫かもしれないな(笑)。でも山口さんの四〇年くらいの活動のあり方って単純かもしれないけれど、そのへんから力を汲んでいるものがある。

中沢　あんな豊穣な日本人はかつてなかったし、これからもないでしょう。

高山　周りもそれを許していたし、時代がよかったんだろうな。心から本当にハッピーな人だったと思うね。彼の存在は天啓、天の恵みですよ。戦争や世界、知識人との関係からいってもちょっとしたエアポケットに幼な神が入ってしまった奇跡的な四〇年だよ。本当に珍らかな人というか、珍らかな風景を見せてもらったなあ。いいアートを堪能できたって感じだよ。

ヘルメス→p.121, p.146, p.174

第5章

英語と英語的思考について

「知の商人」

＊――語り下ろし。二〇一三年七月収録。

髙山　「英語と英語的思考」なんてテーマ、僕に気配りして中沢くんがいいだしてくれたんだけど、じゃあ、今日は商いの話から始めようか。小商いというとイギリス人にとってはなかなかいいテーマだもんね。「商店主たちの国」というのがイギリスのあだ名です。じゃあ、デフォーから入ろう。ダニエル・デフォー、平賀源内、ポー、ガロア。

デフォー→p.10
平賀源内→p.80, p.169, p.182
ポー→p.53, p.159
ガロア→p.53

中沢　ポーは小商いですか？

髙山　小商いじゃない？　だって編集者だよ？　一生涯、彼は文士になったことなんかない。マガジンを儲けの対象にできた最初の人だよね。彼がいないとマラルメもいない。マラルメも今の『ヴォーグ』の前身みたいな雑誌の編集長だった。そのへんの話から入ろうか。そしたら英語の話もできちゃう。デフォーって、僕は英文学に関係ないころからハマっててね。それもちょっとふつうの人のハマり方とは違っててね。

マラルメ→p.44, p.160

中沢　それは子供のころということですか？

髙山　そうそう。あんまり記憶がないころから『ロビンソン・クルーソー』

だけは好きだった。なんで好きなのかが今でもわからないんだけど、それの追求がこの六〇年の人生だった気すらする。まず彼の有名な言葉をひとつあげておくと、“Mercator Sapiens”「知恵のある商人」。僕はね、これはそれ以後三五〇年の文化世界最大のテーマだと思うんだよね。商業と知識の関係というものが、まず問題になるよね。僕なんか一時期、自分のこと「知の商人」ていって威張ってたら、校正がみんな「死の商人」に直してくるんだよ（笑）。「知の商人」といったら堤清二の一九八〇〜九〇年代だったらそれだけで通じていたんだろうけど。

中沢　髙山さんがデフォーにハマってるころ、僕はラブレーにハマっていました。

髙山　ラブレーって真面目な医者じゃない。悲惨な人生だよね。

中沢　髙山さんみたいに、子供のころから大人の趣味してなかったんですよ（笑）。「知の商人」は、それまでどんな人が担っていたかを考えると、インドでいうとブラフマンでしょう、ローマでいうと司祭。**デュメジル**のヨーロッパ三機能説でいうと、知は長いことブラフマンと司祭階級が独占しているもので、真ん中の騎士階級はロマンなんですよね、『ローランの歌』ですね。

ラブレー→p.89, p.132, p.174

デュメジル
ジョルジュ・デュメジル。一八九八―一九八六。フランスの比較神話学者、言語学者。比較神話学で、インド・ヨーロッパ語族三機能イデオロギーを発見し、クロード・レヴィ=ストロースや後の構造主義に大きな影響を与えた。著書に『神々の構造』『ゲルマン人の神々』。

それで牧畜農耕民が最後にいて、ここは知とはあまり関係がなかった。彼らはだいたいが「暗黙知」の世界だから、知というのは親の世代から息子の世代まで口伝え、体ごとで伝えていく形態なので、本にしていないんですね。

ところが、そこに大逆転が、時間をかけながら起こってきます。近代になると、牧畜農耕民階級、ヘーゲルふうにいうと奴隷が主人へと逆転していく、いままで主人が担っていた知の体系が下へ降りてきて、そこで実はそのちょうど中間点にマーチャント（商人）が出てくるんです。マーチャントはどこにも所属してないともいえるし、農耕民の端っこにもいますから、農耕民でもないし。それから、不信心ですから司祭でもない。戦争の裏で儲けるのは好きだけど、戦争自体は好きではないから、騎士階級でもない。この人たちが間をつないでいたんですね。

高山　いいチャートだね。

中沢　それは民族的にどういう人たちかというと、もっぱらユダヤ人。ユダヤ人は長いことヨーロッパ三機能体系の外にいて、一方では宗教をやって、ユダヤ教のラビみたいなことをする。もう一方は農民の方とつながっていて、ここで商業という循環を始める。だから、ユダヤ人は知と商業を最初から結び合わした。これを大衆化していったのが一八〜一九世紀なんじゃないかと考えています。

髙山　マルクスなんかずばりだよね。親父、ラビだもんね。

中沢　そこでデフォーや**ベンサム**でもそうですが、イギリスでは商業の存在が他のヨーロッパ諸国と違う現れ方をしてくるじゃないですか。そこの事情がどうなっているのかを髙山さんに詳しくお聞きしたいなあ。

マルクス→p.91, p.97, p.154

ベンサム
ジェレミ・ベンサム。一七四八－一八三二。イギリスの哲学者、経済学者、法学者。功利主義の創始者で、「最大多数の最大幸福」が社会にとって善であるとした。著書に『道徳および立法の諸原理序説』『法一般について』。

日本人と倭冦

髙山　まあ、イギリスは牧畜民じゃないよね、海だから。よく日本とイギリスを比較する人たちがいて、島国だからっていうんで。でも、イギリスは徹底的に外へ出て行く文化だと思うね。そこはいっぺんも変わらなかったでしょ。それに対して日本って不思議な国でね、倭冦なんか見るとめちゃくちゃ外へ出て行ってるもんね。ところが、最近は外へ出てるかというと、大人も子供も外へ出なくなった。同じ島国なのになんでだろう、というとても面白い問題がある。僕がイギリスをやってるのはそのへんに興味があるんだな。

中沢　日本は自然環境が良すぎるから。

髙山　決定的にね。日本の中が良すぎちゃうんだね。

中沢　日本人の起源を探ってみると、南方から来ていることは間違いないですね。中国の江南、揚子江と淮河《わいが》の間ぐらいの人たちが稲をたずさえて大量に日本列島に渡ってきてますけど、あれは政治的な理由でしょう。あのへんは緑豊かで、農業地帯、水田地帯だったわけだけど、黄河の中流域に漢民族が帝国を作って、それが一元論、一元主義を思想にして大陸を征服してきたときに、周辺部にいた人たち、特に中国南部から江南あたりの人たち、古代国家でいうと、呉、越の国の人たちが追われて日本列島へ来ています。一部分は朝鮮半島からも入ってきてた。海民的な人たちですから、すごく移動する。

倭寇もいました。松浦とか糸島とか対馬とかいうところの海民の人たちで、生活様式も農業はあまりやってなかった。その人たちが海洋に出ていく血をずっと持ち続けていて、東シナ海の方へ出ていったわけですね。豊臣秀吉のころが境目だったと思いますが、海賊停止令が出て。秀吉はとにかくいろんなものを停止させるんですね。喧嘩停止令とか。まあ、日本人を農民化させるためにいろんな停止令をだすんですね。運動を停止させていこうとした。

高山　刀は取り上げるし、地べたを測るし（笑）。

中沢　地べたを測るのは、境界争いをなくすためでしょ。喧嘩をさせないということを始めたら、海賊たちが行き場を失っちゃった。日本の場合、海民から海賊になった人たちが喧嘩停止令になっちゃってそのあと何をやったかというと商人ですね。商人の多くは海民出身だった。

高山　倭冦も半分は女だったみたいだね。それも赤ん坊抱えたママちゃんが刀構えて突撃してきて、こんな怖いの初めてみたっていう記録が残ってる。日本人は外に出ないとか、外が嫌いとかっていう歴史をもういっぺん洗ってみると、僕は倭冦なんか面白いと思うんだよね。

中沢　とにかく倭冦は面白い現象です。

高山　中沢くん、昔書いた『悪党的思考』だっけ？　倭冦なんていうと、あれと同じ時代だもんね。

中沢　海民や海の悪党である倭寇には国境感覚がないんです。構成員も朝鮮半島の南部の人たちもたくさん入ってる。江南の海民も含まれてるし、フィリピン人も。糸満の住民のベースはフィリピン系の海民ですから、そういう意味で、彼らの世界観で広大な「倭」がつくられていた。字はよくないですけど。「小人」って意味ですから。中国人がチビっていうために倭という字をつけた。とにかくそのチビたちが、日本、台湾、フィリピン、江南、山東半島、朝鮮にわたって「倭」という世界をつくった。韓国でいうと伽耶。その世界の中で縦横無尽に動き回っていた。

高山　インドの南まで出て行っていたでしょう？

中沢　出て行ってますね。彼らとイギリス人はけっこう似ていませんか。

ミシェル・セールの思い出

高山　去年（二〇一二年）『現代思想』で海賊の特集があったよね。あれは近年にないヒットだなと思ってね。

中沢　ジョニデの影響でしょうか（笑）。いや、**ソマリアの海賊**でしょうけど。

高山　それから最近の『**海賊とよばれた男**』もね。『ワンピース』のヒットもすごい。一種の海賊的思考というものがあるのかな。

中沢　よみがえる海賊的思考（笑）。

高山　ミシェル・セールってまだ生きてる？

中沢　生きています。彼はフランス海軍に入っていたけれど、おじいさんはロー ヌ川の船乗りですね。「フランスというのは縦横に走る運河の国だという意識を、自分は持っている」と語ってました。

高山　ちょっと前にノマドなんとかという流行り言葉があったけれど、僕は恥ずかしいけれど、ノマド思考は中沢くんの本から手に入れた。

中沢　またまた。嫌がらせですか？（笑）

高山　今日はお世辞いわないことにしてる（笑）。こないだ、ちょっとお世

ソマリアの海賊
一九九〇年代初期にソマリア内戦が始まったころから目立つようになり、近年活動が活発化、国際海運の障害となっている。

海賊とよばれた男
二〇一二年に刊行された百田尚樹による歴史経済小説。出光興産創業者をモデルにした作品で、上下巻累計で一七〇万部を目前としたベストセラーとなった。

ミシェル・セール→p.4, p.33, p.67

辞言い過ぎたから。いつもの問いでいやかもしれないけど、セールとはどういうつながりで今に至っているの？

中沢　セールとは古いです。最初はルクレティウスからです。僕は古代ローマのその哲学者に夢中でした。そうしたらセールが『ルクレティウスのテキストにおける物理学の誕生』という本を書いているものだから、すっかり気があってしまって。『ヘルメス』から『ライプニッツのシステム』にもハマりました。ドゥルーズなども、けっこう彼から影響を受けていますし、『言葉と物』のころのフーコーはセールとしょっちゅう会っていたらしい。それで、これはどう考えてもセールでしょう！　となった。この人はなかなか表へ出てこないけれど、すごい人なんだなと。あのころは、ガストン・バシュラール、**ジョルジュ・カンギレム**、セールなど科学哲学派の人たちが僕の趣味だったんですね。

髙山　すごいね。バシュラールは百姓だよね。

中沢　百姓で郵便配達夫です。なんだかそういう人たちが好きみたいです。百姓、漁師、船乗り。ブラフマンとかラビ系の知識人とかはあんまり好きじゃないんです。

髙山　セールとはいつごろ会ったの？

ルクレティウス→p.4

ヘルメス→p.121, p.136, p.174

ドゥルーズ→p.4, p.73, p.125

フーコー→p.45, p.66, p.94, p.170

ガストン・バシュラール→p.34

ジョルジュ・カンギレム
一九〇四―九五。フランスの科学哲学研究者。歴史的・哲学的なアプローチを土台に、バシュラールの認識論的な科学史の方向へ進んだ。著書に『正常と病理』『生命科学の歴史』。

中沢　九〇年代の半ばくらいかな。

高山　どうでした？

中沢　いぃおじぃさん！　とっても素敵な方で……！　パリだけじゃなく、アルプスの山小屋でもお会いしました。登山が好きな方で。夜酔っぱらって僕が小屋の外で歌を歌っていましたら、翌朝「歌が上手だ」とほめてくれましたが、本当は「うるさかった」といいたかったのでしょう。

高山　セール、素敵？　ふぅん、えらい違いだね。ミシェル・セールは一見商人とは遠いけれど、さっきのノマド思考ではないんだけど、やったことはほとんど「知の商人」のモデルみたいですね。

中沢　そうですね。自分の本のシリーズに「ヘルメス」とつけているくらいですからね。あれは「知の横断者」とかそういう意味だけではなくて、商業の起源としての「ヘルメス」のことを意識しているようです。

メティスとソフィストリー

髙山　『へるめす』といえば、この間の対談のテーマでもあった山口昌男さんだけれど、彼がいちばん残念だったのは、商いの感覚に結びつかなかったことかな。こないだの対談の最後でも、「山口昌男に足りないのは何だったのか？」という話で、やはり「メティス」が出てきた。メティスというのは基本的には、軍略とか戦略に関わることだけれど。

中沢　ズルさとか。

髙山　それが一番活かせるのが商人の世界でしょう？

中沢　トリックスターって、メティスの思想そのものです。とにかく相手を騙して、相手を滅ぼしたり、自分の役に立つよう利用したり。メティスの起源について、マルセル・デチエンヌたちが『古代ギリシャにおけるメティス』という本を出していますが、そこで何がメティスのモデルになっているかというとなんとタコなんです。タコ、アンコウ、イカとか、煙幕を張って逃げたり、知らんぷりして近づいていって高電圧で相手を倒すとか。とにかく卑怯な真似をして、戦略をたてて勝つというのがメティスで

山口昌男→p.100, p.164, p.189
メティス→p.135, p.189
トリックスター→p.111, p.135

す。ギリシャの哲学者の間では、メティスは徹底的に低く見られたけれど、一方でソフィストと商人だけはメティスのことを高く評価した。ソフィストというのももともとそういうもので、相手を話でいい気持ちにさせて、どっかに連れ込んでしまうわけだからね。

高山　ははは。ソフィストといえば、「ハーバード白熱教室」の**マイケル・サンデル**をどう評価するかっていう問題があって。

中沢　まさにあれがソフィストでしょうね。

高山　昔のギリシャのアクロポリスだ。アクロポリスの政治って、ああいうものだと思っちゃった（笑）。

中沢　あの話を聴いているハーヴァードの学生たちのことですが、自分たちのポジションに満ち足りた顔をして座って聴いていて、笑ったり、拍手している様子も、ああこれはまさしくポリスの市民だなという感じがしました。女性と奴隷はここには入ってないなというのもよくわかる。そういう人たちを前にして気持ちよくソフィストが高説を垂れている。

高山　僕はあれ見て、ギリシャのポリスって、こんなやつがいて、若者に修辞学か何かの訓練をしていたんだなと思ったな。めったに見られないものを見ちゃったという感じがするね。

マイケル・サンデル
一九五三―　。アメリカの哲学者、政治哲学者、倫理学者。コミュニタリアニズムの代表的論客。TV「ハーバード白熱教室」は人気を呼び、日本でも類似企画が作られた。著書に『リベラリズムと正義の限界』『これからの「正義」の話をしよう』。

中沢　きっと外ではソクラテスのような人が渋い顔してるんですよ。ソフィストは大人気で、大講堂で大聴衆を前にして面白い話をしている。ところが、ソクラテスには少数の弟子がいるだけで、そんなに面白くもない話をしている。

髙山　結局、相手と自分のやりとりの中で、相手がどこかで矛盾をおかすというタイミングを作るんだよね。そして、そこを突いて、きれいな浅っこい解決を見せる。で、君は自分が愚かだということがわかっただろう、と。いい悪いではないんだけど、ちょっと感心したね。こういう知性のあり方もあるんだとね。よく、室内の知性と広場の知性とかいって、広場を目指さないといけないとかいったりするじゃない。だけど、それが行きつくところはああいうところなんだな。なかなか面白い風景になっているね。

僕は彼を貶めているわけではなくて、今ハーヴァードのど真ん中にね、歴史上一度も褒められたことのない、ソフィストリーというものが入り込んでいて、一番の人気授業になっていると聞いてね、おお、ハーヴァードも捨てたもんじゃないと思ってね。

中沢　逆にいうと、それはハーヴァードのグローバリズム化かもしれないですね。新自由主義がハーヴァードやシカゴの大学組織の中に入り込んでくるとき、ああいう人を必要とするでしょう。彼の狡猾さは、いわゆるメティスのものではない。彼は「自分の言説は正しい」というポジションを崩さないんですけど、メティスの場合は、最後は「こいつはどうしようもない悪者だ」という印象を残して去っていくことが多いですからね。

高山　それは中沢君にはどう当てはまるわけ？（笑）

中沢　よくわかりません（笑）。

高山　評価はいろいろあるけれど、そういう問題に気づかせてくれた意味では、なかなか貴重な存在だと思う。現代の知識の世界の真ん中に、ああいうわけのわからない、要するに詭弁でしょう、どっちをとっても、この相手には間違いといわれてしまう。

『ロビンソン・クルーソー』から始まる経済学

高山　あれも、今回のテーマの英語と関係あるかもしれないね。英語はずいぶん悪者扱いされてるけど。英語には少なくとも二面あってね、その二面が交代するサイクルがやってきてる、と僕は思うんです。

中沢　ぜひそのへんを講義してください。

高山　そこを今日は用意してきたんだ、前振りが長過ぎた（笑）。いやね、僕にとって、デフォーはこだわってきたテーマだから。デフォーは、一六六〇年、王立協会ができた年に生まれてる。彼は、なかなか狷介な人間で、友人関係はあまりないんだけれど、友人といえば王立協会のメンバーだったんだね。彼をリアリストの小説家というところで見るのか、それとも商いというレベルまで広がっていく、一種の原型的な人間として見るのかで、ずいぶん彼の評価は変わってくる。実際、いろんな学部の人間が協働して、ようやくその全体像が見えてくるような相手なんだ。

しかも、英語と関わりが深いわけでしょ。結局、彼は英語が世界でいちばんリアルな言葉だと信じてしまったわけだよね。これは、なかなか、英

王立協会→p.6, p.80, p.93, p.191

語のある一面を代表する時代と人なんだ。メティスみたいな人を活かすアングロサクソン系の英語と文化は、一六六〇年を境に追放されてしまった。本来の英語ではなくなるんだよね。同時に新しい英語の出発期は、０－バ《ゼロワン》イナリーと重なってるわけでしょう。これは偶然ではない。だから、僕らが敵視している英語って、一六六〇年以降の英語なんですよ。それまでは、要するに、アングロサクソン語の延長線にあって、駆逐されるべき英語だった。駆逐されるべき英語と、駆逐する英語の、大きな三〇〇年サイクルの交代劇が来ているように思う。僕らは、そこを押さえておかないと、英語に対する対応が、一面的になってしまう。

中沢　面白いなあ。

髙山　そうでないと、一方的に敵対してしまうわけだ。今の英語帝国主義を支えている理念が、英語自体の中を蝕む、そんなサイクルがあるんじゃないだろうか。そこを掘り起こすのは、経済学部でも商学部でもなくて、文学部でないといけないんだけど、そこをまったく今の文学部は追いきれていない。

中沢　『ロビンソン・クルーソー』って初期の経済学の教科書には必ず出てきましたよね。孤立人という概念を立てるために、あのころの経済学者は、

アングロサクソン→p.65, p.93, p.180
０－バイナリー→p.70, p.192
経済学→p.79, p.94

ほとんどすべて『ロビンソン物語』を出発点にするんですよね。

髙山　ところが面白い話があってね。都立大学と呼ばれた大学の消滅の末期、石原知事と闘ってるときにいちばん問題があったのが経済学部。要するに「英文科の人間なんかに、英語を教わりたくない」と。「仮に、英文学の人間がやるのならば、経済学の英語を教えてもらいたい、それ以外の英語なら経済学部の学生には受けさせたくない」とおっしゃるわけだ。僕は、そのときたまたま委員で、経済学の連中と話していて、ショックを受けたんだよ。彼ら、経済学を九九％数学としてしか見ていない連中で、マルクスの『資本論』の話をすると、誰も読んでなかったんだ。

中沢　ええっ。**アダム・スミス**は？

髙山　マルクスが夢中になってたデフォーの話をすると、「何でそんな子供向けの冒険小説を、われわれ金融工学の人間が知っていないといけないんだ」ってね。そのとき、これはもう彼らと共通の言葉はないな、と。そしたら経済学部は真っ二つに分かれちゃった。金融工学の秀才グループは辞めていったね。なかなかあれは象徴的な出来事だった。

昔、経済学部というと、デフォーの『グレイトブリテン全島周遊記』、それから、マルクスの『資本論』はイロハだったよね。今は、それを知らな

マルクス→p.91, p.97, p.141

アダム・スミス
一七二三—一九〇。スコットランド出身のイギリスの経済学者、神学者、哲学者。「経済学の父」と呼ばれる。資源を最適に配分する市場の調整機能を「神の見えざる手」と呼んだ。著書に『国富論』『道徳感情論』。

い人がメインになっている。知らないからどうだってことではないけれど、そうするとこないだのリーマンショックの後の開き直りみたいになっちゃうでしょう。「私たちの数学的計算では絶対間違っていないのに、運営している営業の部分で間違ったんだ」ってシカゴ大の女の先生たちがみんな居直ったじゃない。あれで、経済学って経済学部の人間にコントロールできない完璧なマネーゲームの世界に入っちゃったんだなと思ってさ。あの、デフォーの『グレイトブリテン全島周遊記』なんて経済学部に限らない全部の学部で、昔でいうところの教養課程で読ませるべきだよね。

中沢　経済学が今みたいになっちゃったのは、結局、言葉とお金の対立で、言葉が負けてしまったことと関係している。実は経済という人類的現象は言葉が作りだしています。言葉の中にも、お金のような計算可能なものにすり替わっていく部分が含まれている。経済の基礎の部分は言葉が取り囲んでいる。ところが「言葉」を問題にしていたのは、マルクス、デフォー、それからアダム・スミスまでで、ある時期からは、「言葉」の問題を取ってしまっても経済学が成り立つようになってしまった。

髙山　つまり、スコットランドの経済学を、イングランドの経済学がダメにしちゃった。今あげてくれた人も、デフォーをのぞけば、スコットラン

スコットランド／イングランド
→p.64, p.127

ドの啓蒙主義の系譜だよね。

中沢 そうです、そうです。

髙山 スコットランドとイングランドの対立も大きいんだけど、これを問題にする政治学の人も経済学の人もどんどん少なくなってる。

中沢 そこにもうひとつ、アイルランドをいれると、英語の問題がラディカルになってくる。

ところで、髙山さんはお嫌いだと思うんだけど、僕はいま「吉本隆明の経済学」という本を編纂してる最中でして。

髙山 僕さ、この間対談した後、『宮沢賢治の世界』読みましたよ。悪くなかった（笑）。

中沢 けっこういいでしょう！ 吉本隆明の経済学っていうのは、経済という現象は言葉が作っている、ところが言葉から生まれた貨幣が経済現象をすべて処理するようになってしまった。そこの問題を追究しているんです。

髙山 端的にいうと、ペティだよね、こないだも話に出た。

中沢 吉本さんの考えでは、経済現象を言葉で処理しようとしたのがアジアなんですね。アジア的生産様式と、西洋的生産様式の大きな違いは、ア

吉本隆明
→p.48, p.61, p.95, p.131, p.177

ペティ→p.93

ジアは経済現象をあくまで言葉の現象として最後まで貫こうとした。ところがヨーロッパでは早い時期から、貨幣で処理した。言葉が自分の中に包み込むことができる領域は実に膨大で、その多くは数値に還元できないものです。0と1のバイナリーの処理の難しい部分を抱えている。しかし、貨幣はそういうものをみごとに切り捨てていく能力を持っている。これをベースにしたとき、経済現象はものすごくすっきりしますが、脳の一部分だけで展開していく現象になってしまう。

髙山　それは、イギリス文化、イギリス文学論やってる人間には当たり前の話でね、先ほどの話に戻るけれど、一六六〇年以前が、経済だろうが何だろうが言葉の時代。それが二〇年〜三〇年かけて、ウィリアム・ペティが中心人物になって、「経済は数量化できる」、ようするに政治算術という、とんでもないカテゴリーを作ってしまった。政治はすべて数学的に処理できる、というようにね。これはね、すごくヨーロッパ的であると同時に破滅的だよね。

中沢　そのあとでアメリカでは、経済学は全部数学でできるという思想が生まれる。それがイギリスに逆流入して、**アルフレッド・マーシャル**なんかの経済学になっていく。そこから数理経済学が隆盛をとげるようになる。

アルフレッド・マーシャル
一八四二―一九二四。イギリスの経済学者。新古典派経済学を代表する研究者。需要と供給の理論を構築した。著書に『経済学原理』『貨幣・信用及び商業』。

イギリス vs フランス

高山　グローバリズムって簡単にいうけれど、信じられないくらい、強靭なアングロサクソン精神だよね。キャロルの『アリス』に「アングロサクソン的態度」という有名なフレーズがある。「グローバル」というと、これが見えにくくなっちゃうね。ようするに、アメリカが途中で入っちゃうけど、アングロサクソンなんだよね。これは、コンピューターもそうだし、プラスティックのカードで決済する経済体制もそうだし、いまだに一七世紀末イギリスの亡霊なんだよ。それは指摘するのは簡単だけど、じゃあ何？っていうと、たとえばね、それで英語学の考え方が一変してしまうけれど、今は、そんな研究する人が全然いない。

中沢　学生もいないでしょう？

高山　いないね。というか、文学そのものをもう一度洗い直さないとね。リテラチャー Literatureって何だろう？　と文学部の大学院生に聞いても、答えは「文学」としか出てこない。リテラチャーは文字で書かれたものすべてでしょう。要するに、六法全書の言葉も、宗教の聖書も、それから請求

キャロル→p.97, p.177

書だってそう。

中沢　コインランドリーの領収書までね。

髙山　そう。全部英語、というかラテン語だよね。そこまで一度還元して、そしてそれを文学の方へ引っ張ってきて再発明したのが、デフォーだったり、バルザックだったり、ポーだったりする。そうすると、文学の捉え方が当然一変するはずなんだけど、相変わらずしないんだよなあ。リテラチャーを先験的な何かであると考えるのは一度やめてね、たとえば、近現代におけるリテラチャーの出発点がデフォーであるのは誰も否定しないんだから、ではデフォーが生み出したリテラチャーは、われわれが三百年間「文学」と呼びならわしてきたものとどんな関係にあるのか。そう考えると、一変してしまうんだけど、どうしてそういう食いつきをいましないのか。相変わらず川端康成とかさ、堀辰雄とかをこつこつ読むのが文学だと思っちゃっているんだね。そして、またジブリの『風立ちぬ』で堀辰雄読むやつがいっぱい出てくる（笑）。

中沢　堀辰雄が悪いわけじゃない（笑）。堀辰雄はいいじゃないですか、プルーストみたいで。

ところで僕は学生のとき、「文学はいつ始まったのか」という問題にもか

バルザック→p.3, p.32, p.93
ポー→p.53, p.138
プルースト→p.32, p.45

なり関心を持っていました。当時、そういう問題を先鋭的にやっていたのはフランスの『テル・ケル』の連中でした。彼らの考え方だと、文学が明瞭に始まるのは一九世紀の中ごろ。その文学の運動がピークに達するのがマラルメである、という考え方です。

僕は意識して英文学を勉強したわけではないけれど、イギリスのものは好きで、英文学はよく読んできました。そうすると、ゴシックなんかもそうなんですが、イギリスのものは『テル・ケル』のような明瞭な文学論のなかに入らないんじゃないかと思えました。

フランス人の考え方はものすごく明瞭で、言語構造というものがあって、それは要するに秩序をつくる構造のことで、それを破壊していくレヴォリューショネールな力が入ってきたのが文学だというわけです。これはフランス人の基本的な社会理念でもありますね。しかし、それでレヴォリューショネールな世界観はできるかもしれないけれど、イギリス人の世界観は無理ですよね。イギリスはもっと複雑に作られていて、複論理（バイロジック）でイギリスは動いている。その根源に動いているのは、言葉の力と、言葉から抽象的に出てくる論理とか計算とか、そういうものの闘いです。

髙山　まるでエリザベス・シューエルと話してるみたいな気がしてきたけ

『テル・ケル』→p.115
マラルメ→p.44, p.138
エリザベス・シューエル
→p.4, p.33, p.83, p.97

ど、それいつごろ？

中沢　大学生、いや大学院生のころかな。

高山　ほお。こいつの教師じゃなくてよかった（笑）。

中沢　レヴォリューションというのは魅力的な考え方で、左翼っぽい学生は手もなくハマっていくんだけど、でも僕の中には、レヴォリューションに対する疑惑がものすごくあった。「自分はひょっとしたら保守かもしれない」というのは、イギリス文学を読んでから身についた考え方で、高山さんとこうやって話が合うのはたぶんそれなんじゃないかと思う（笑）。

高山　かもしれない（笑）。僕はフランスがダメなんだな。

中沢　わかるなあ。

高山　たとえば、フランスは推理小説が書けないじゃない。

中沢　書けないね。**ボワロー＝ナルスジャック**が限界かも。

高山　読むに耐えないね。これは昔からいろんな人に尋ね回るんだけど答えが出ない。推理小説協会の人に尋ねても、誰も答えてくれない。

中沢　一時期、そのことよくわかっていたんだけど。今は全部忘れちゃった。

高山　たとえば、ミステリーって何？　探偵小説を誰が、いつからミステ

ボワロー＝ナルスジャック
ピエール・ボワロー（一九〇六―八九）とトマ・ナルスジャック（一九〇八―九八）。フランスのふたり共同の作家。それぞれ推理小説家として活動していたが、一九四八年に出会い、共同執筆を始めた。著書に『悪魔のような女』『めまい』。

リーって呼ぶようになったんだ？　だって、あれはもともと、カソリックの究極の言葉「秘蹟」という意味でしょう。あれほど人を殺してどうしたこうしたという俗中の俗の世界に、どうして「ミステリー」という言葉を使うんだ？

中沢　本来、「ミステリー」というのは解決しないことをいいますからね。解決って何か。たとえば、方程式のソリューションというのは、分解することをいいます。分解を起こす最終的な数体がどうなっているかを研究するのがソリューションです。ある犯罪が起こったときに、それをソリューションするとは何かというと、主人公や周りの人間の行為にそれを当てはめて、分解を行っていく。すると最初はひとつだった世界が分解して、犯人が分離されてくる。ところが、この世界のミステリーでは分解ができない。むしろミステリー（秘蹟）は分解不能な対称性の方に向かっていく。探偵小説とミステリーは実は正反対のものでしょう。

髙山　たまに半年ぐらいかけて学生と探偵小説読むときに、探偵ってなんだ？　というとディテクティヴだよね。ディテクトって何だ？　というと「人が嫌がって隠そうとするものの覆いをめくって中を見る」というのがもともとのギリシャ語の意味らしい。逆にミステリーというと、ギリシャ語では、「ぱっちり開けていた目を理由があって閉じる」という意味なんだよね。同じものを「ディテクティヴ」とも「ミステリー」とも呼ぶことができるのか、という疑問が残る。というようなことを推理小説協会で質問するわけだ、そしたら「次回から来るな」といわれる（笑）。

中沢　それはすごい本質的な質問だな。ニーチェが哲学者は真理の女神のベールをめくろうとするけれど、めくった瞬間に目がつぶれるから、めくらない、薄い紗をおろしていくのが哲学なんだ、といってます。めくるという行為自体が神秘を破壊することですからね。ハイデガーが同じことといってる。あらわれつつ隠すというのが存在だという。これもミステリーです。

髙山　そうか、ハイデガーってストリッパーだったんだな（笑）。

中沢　ロラン・バルトがそういうことを書いていますね、『神話作用』のなかで。

髙山　この二五年くらいで日本のフェミニズムは停滞してきたけれど、アメリカのフェミニズムは右肩上がりで、才媛といわれる女はみんな今の問題に行ってるね。科学史のなかでの“unveiling”、ヴェールをはぐというメタファーはなにか？　という。答えはだいたい決まっているわけだね。男の

ハイデガー→p.20, p.84
ロラン・バルト→p.115

医者が、女の死体をめくって解剖するというごく卑近なところまで降りて行ってしまうけれど、この「真理のヴェールをはぐ」というメタファーは面白いと思うね。

そうか、でも、中沢くんがイギリス文学にハマっていたというのは嬉しいね。つまりね、また山口昌男だけど、「昔スウィフトを訳していた誰それ、スターンの『トリストラム・シャンディ』を訳していただれそれって、ああいうジジむさい一八世紀のクソジェントルマンどもの、悟り澄ましたような世界が僕は大っ嫌いだ！」って怒りだすわけだ。僕に怒っても仕方ないんだけど、そういう時にデフォーがいるじゃないって話をすると、なるほどねって納得してくれた。

中沢　『トリストラム・シャンディ』もダメなんですか？

高山　山口さんはダメだったなあ。

中沢　あんなに面白いものはないじゃないですか。

高山　だから、英語が帝国主義的威力を世界中にふるっているという英国認識が欠落しているんだよね。結局イギリス文化は二面性が激しくてね、そして、それを劇的にやってみせるわけだ。王様の首を切って、転換させるというようなことをやる。ところが、通常の僕らのイギリスに対する理解

山口昌男→p.100, p.148, p.189
スターン→p.89

激しさはないというイメージがある。

だと、穏やかなジェントルマンがいて、フランス革命のギロチンのような

中沢　僕が少年のころ、イギリスについていだいた最初のイメージは、**切り裂きジャック**でした。

高山　君ってほんとにほんとにすごいね（笑）。

中沢　何かで読んだんですよ。誰の文章だったのかなあ。イギリスというのは、とにかくそういう人がいっぱいいいて、うっかり暗闇なんかに入ると、すぐに酷い目にあうと。

高山　しかもあれ、いまのところ、犯人候補のナンバーワンは王室関係者だよね。王室関係者が妊娠させちゃって、しかも相手がカソリックだった。一人だけ殺すと、すぐに特定されちゃうから、手当たり次第に五人殺せと。それが五人の娼婦殺人事件だったっていうのが今日の定説なんだけど、犯人に王室関係者がいるもんだから、永遠に封印されちゃった。**ピーター・アクロイド**の『切り裂き魔ゴーレム』って読みました？

中沢　読みました。すごい。とにかくイギリス人って根が切り裂き魔だっていう先入観があって（笑）。

高山　Ripというか、切り裂くという行為に、一六世紀以来イギリス人はハ

切り裂きジャック
一九世紀末のロンドンで、売春婦を連続して惨殺した犯人の通称。事件は未解決で、現在でも猟奇的殺人の代名詞となっている。

ピーター・アクロイド
一九四九―　。イギリスの作家、伝記作家。多作で、なおかつ非常に広いスタイルを駆使することで知られる。著書に『オスカー・ワイルドの遺言』『切り裂き魔ゴーレム』。

マっているんだよね。これはヨーロッパ的というより、イギリス的なんだろうな、リッポマニアって。

中沢　ギロチンは、ある意味人道的ですものね。

髙山　うーん、要は、苦しみが長く続かないようにっていうのでアイディア公募したんだよね。殺し方のアイディアをだせって。そうしたらギロチンという名前の医者がアイディアを出してきて、じゃあ試してみようかということでギロチンが首を切られた。罪状がすごいよね、残酷な死を人にもたらしたという（笑）。笑っちゃいけないけど笑っちゃう。

中沢　すごい論理だね。

髙山　まあ、英仏というのも大きな問題だよね。象徴化しすぎてもイージーな図式になっちゃってしょうがないんだけど。僕は一八世紀が専門だからピクチャレスクが何で出てきたかといったら、イギリス人がフランス人を嫌うから出てきた発明だよね。フランス人がきれいだというものを、われわれはあえて汚いといおうということでしょう。そのへんの問題もショッキングだけれど、一九八二年にある本が出るまで、ヨーロッパ人はおろかイギリス人も気がつかなかった。ヨーロッパとは何か、もう一度洗い直す時期に入るのかな、遅くもこれから。

ピクチャレスク→p.14, p.40, p.65

中国やヨーロッパとどうつきあうか

中沢　それはアジアでも同じでね、中国とは何かという問題です。中国人のある面はイギリス人によく似てる。

髙山　ものすごくよく似てますよ。

中沢　だいたいあの人たちは、共同体への帰属を、日本人みたいにあまり意識しないでしょう。定住もあまり好まない人たちで、根が商人なんですね。そこでも犯罪の歴史を見てみると、たいへん残虐な出来事がいくつも起こっています。それから中国でもうひとつ面白いのは、性愛についての探求です。

髙山　また懺悔？（笑）

中沢　いやいや（笑）。**ロバート・ファン・ヒューリック**というオランダの学者が『古代中国の性生活』という本を出していて、その翻訳を手伝ったことがあります。そのとき、中国人のそういう面に関心を持ちはじめて、奥深いやつらだなあ、と思うようになりました。その後も中国人への関心はずっとあって、はては毛沢東までいったんですけどね、文化大革命の中国

ロバート・ファン・ヒューリック　一九一〇—六七。オランダの外交官、中国学者、推理小説家。中国人ディー判事が主人公の推理小説を発表。著書に、『沙蘭の迷路』『中国のテナガザル』。

に是非とも行っておかないといけないと思ってね。最後のころに行ったんですけど、どうもこれは違うと。何かが根本的に変わっちゃったな、と感じました。かつてもっていたはずのものが、消えているんです。このことをいまに中国人自身が問題にするようになるでしょう。

髙山　僕もそれには同感です。どこの大学でも、英語ばかり勉強してないで、もっと中国語をとかっていってるけれど、中国がもっと日本の文化的な興味の対象になるのはもう三〇年かかるって僕はいってる。

中沢　なるほどね。**大室幹雄**がもっていた関心などは、すごく先端的だったんだ。

髙山　ただ彼は造園術とかね、テマティックに凝り過ぎたね、きれいごとに見えちゃうんだよね。

中沢　あの人はオタクの走りだから。手法がチマチマ見えてしまうところで損をしてました。

髙山　『囲碁の民話学』だっけ、あれは小さいけれど、意外と一番の傑作だよね。ちなみに、**中野美代子**さんってどうです？　一時期、大室幹雄とよくペアにされたけれど。

中沢　僕は、彼女の『西遊記』の翻訳が好きだけど、彼女のエッセイは

大室幹雄
一九三七―　。歴史人類学者。中国の都市をテーマにした著述を行う。著書に『滑稽』『劇場都市』。

中野美代子
一九三三―　。中国文学者、作家。中国文学、中国文化をテーマに論考やエッセイを多数発表している。『西遊記』の翻訳を急逝した小野忍から引き継ぎ、完成させた。著書に『孫悟空の誕生』『塔里木秘教考』。

ちょっと体質が違うみたい。彼女のジョークに笑えないんです。

髙山　彼女にジョークが書けない？

中沢　いや、面白いように書くじゃないですか。だけど、ひねりがちょっとあざとい感じがして。中国人のユーモアというのは、あざとさとは違っていて、とても野太いものでしょう。あんまり面白くする必要ないと思う。

髙山　それは仕方ないよね、島国で生まれて島国の知識の体系を持った人間が、基本、あんな大きな大陸の人間を理解しようとしても、難しいと思う。

中沢　江戸時代の知識人の中国観ってなかなかじゃないですか。『雨月物語』なんかもそうだけど、完璧に自家薬籠中のものにしています。

髙山　しかも、何がすごいかというと、**上田秋成**でも平賀源内でも片方には西洋があるんですよね。ところがその研究が進まないまま、個人的な偉さとか、ぎりぎり時代的な偉さとかでしか説明できていない。一七六〇〜七〇年の江戸は突拍子もない。鎖国政策に大きな変化があったのかもしれないね。びっくりするようなものが、もちろん中国から、そしてヨーロッパから入ってくるわけでしょう。だけどいまだに、文化的鎖国政策が有効だったみたいな議論でストップがかかるよね。もったいない話だと思うな

上田秋成
うえだ・あきなり。一七三四―一八〇九。読本作者、歌人、茶人、国学者、俳人。怪異小説『雨月物語』の作者として有名。その他の著書に『春雨物語』『霊語通』。

平賀源内→p.80, p.138, p.182

あ。

中沢　幕末期の連中もそうとうすごい。**横井小楠**などはもうイギリス人そのもので。しかも、あの人はキリスト教を思想の構造から理解している。明治期の知識人は、ヨーロッパの思想を構造から理解しようと努力していますね。その努力が戦後すっかりなくなっちゃいました。フーコーの『言葉と物』や『狂気の歴史』に非常に感動したのは、ヨーロッパが構造なんだということをはっきり見せてくれた点ですね。

高山　そうそう。今日の話、結論出た（笑）。

中沢　それをもう少し、キリスト教の方まで深めていくと、ヨーロッパという一つの構造体が動いているようすが理解できるようになる。明治時代の知識人はそうやってるんですよ。それが、戦後になってアメリカの教育体制が入ってくると、ヨーロッパの構造を意識しないで、アメリカ大陸で勝手に使っている西洋というものが日本へ入ってきて、そしてそれを日本人はヨーロッパの知識だと思ってしまった。キリスト教の勉強をする必要がないって思っているでしょう。それは、とんでもない話でね、ヨーロッパを理解することは、キリスト教がわかんなかったら絶対ありえない。その辺は、江戸時代の知識人の方が根本の骨格はわかっていた感じがします。

横井小楠
よこい・しょうなん。一八〇九―六九。儒学者、政治家。維新の十傑のひとり。福井藩の松平春嶽に招かれ政治顧問となり、幕政改革や公武合体の推進などで活躍。明治政府に参与として出仕するが暗殺された。

フーコー→p.45, p.66, p.94, p.146

南方熊楠の英語

高山　そうだね。すごいですよ。中沢君は当然**山片蟠桃**なんか好き？
中沢　好きです。
高山　君見てると、山片を思い出すんだけどね。
中沢　僕は自分ではむしろ**佐久間象山**だと思ってたんだけどなあ。若いころに松代行ったとき、神懸かりのお婆さんがでてきて、「あなたは佐久間象山の生まれ変わり」だっていきなりいわれたことがあるんです（笑）。すごくうれしくなった。でも、馬上で斬り殺されるのは嫌だなとも思いました。
高山　**鎌田東二**はギリシャでゼウスの生まれ変わりだっていわれたらしいよ。
中沢　それはもっとすごい（笑）。でも、あとで町の人に聞いたら、「あのお婆さんはちょっと……」っていわれた（笑）。そうそう、僕は山片蟠桃も佐久間象山もとても気に入ってます。
高山　君を見てると、山片蟠桃に一番近いなあ。彼はマルクスよりも五〇年くらい早いでしょう？

山片蟠桃
やまがた・ばんとう。一七四八—一八二一。江戸中期の商人、学者。『夢の代』で、唯物論的な立場から、天文、宗教、経済、歴史等を百科全書的に論じた。

佐久間象山
さくま・しょうざん。一八一一—一六四。兵学者、朱子学者、思想家。松代三山のひとり。幕末期の洋学の第一人者で、公武合体、開国を説いた。門弟から勝海舟、坂本龍馬など、後の日本を担う人材を輩出したが、暗殺された。

鎌田東二
かまた・とうじ。一九五一—。哲学者、宗教学者、民俗学者。神職の資格をもち、神道ソングライターとしての活動も行っている。著書に『翁童論』『神と仏の出逢う国』。

中沢　早いんですよ。

高山　だけど基本『資本論』と同じことが書けちゃってるわけでしょう。おまけに、同じ経済論の本の中に地動説と天動説の議論も延々と入っているわけだよね。一種の奇天烈なエンサイクロペディストというか。そういう捉え方もできていないよね。いまだに**辻惟雄**ふうの、奇人文化人の奇想の文化みたいなレベルなんだ。

中沢　南方熊楠もそうですよね。熊楠研究は進んだっていうけれど、いまだに熊楠は奇人だっていうレベルを越えていない感じがしています。ヨーロッパの博物学の中に包摂しちゃおうとしたりして、それは違うんだなあ。熊楠研究に物足りなさを感じているから、僕はもう一度そこに戻ろうと思っています。

高山　『森のバロック2』！

中沢　僕が『森のバロック』を書いて、その後よそのことにかまけて忙しくしてた間に、秀才くんたちのプレイグラウンドと化した感があります。

高山　僕も秀才くんたちの書いたものって一蹴しちゃったけどね。コンピューター持ち込んで「なんとかっていう語がこの作品には何回でてくるから……」っていってる人とかね、違うだろう！

辻惟雄
つじ・のぶお。一九三二―　。日本美術史家。美術史で軽視されていた岩佐又兵衛、狩野山雪、伊藤若冲、曾我蕭白、長澤蘆雪、歌川国芳らをとりあげ、「奇想の画家たち」として再評価した。著書に『奇想の系譜』『日本美術の歴史』。

南方熊楠→p.7

中沢 あんまりだから、熊楠研究に戻ろうと思っているんです。

高山 熊楠の英語はどうなの？ 『ネイチャー』なんかにのっけてる英語。

中沢 あれはなかなかすごいんじゃないですか？

高山 なかなかどころじゃなくてバロックだよね。理科系の論文だとは思えない。

中沢 僕が克明に英語で読んだのはシンデレラのものですが、もうバロックな英語で。あれと『燕石考』ですね。何であんな英語が書けたんですかね。

高山 というか、あんな英語が書けたからああいう仕事になるという一面もあるんですよね。僕が熊楠にひっかかるのは、彼は日本で初めてカタカナで「パラドックス」という言葉を使った人間なんですよ。彼は、イギリス人は僕の論文を褒めてくれたのに、日本で同じものを日本語で書くと、どうして田舎のやくざの趣味みたいっていわれるのかって怒り狂ってるよね。その時に英語で書きたい！ って、それはなぜかというと、とってもナチュラルにパラドキシカルな構成で書ける、というんだよね。

同じころに、夏目漱石が『趣味の遺伝』で「パラドックス」が日本語にならないっていっています。でも、猫には「逆説」っていわせてるんだけどね（笑）。『趣味の遺伝』の中で、諷語という訳語を新造して、これから日本の文化の中にパラドックスを取り込まないとダメだっていっている。熊楠と漱石が同時期に、日本文化に欠けているパラドキシカリティとは何か？　っていう議論をしているわけです。ラブレーでもデフォーでも根本にパラドックスの問題があって、それはイギリス文化の中のプラスとマイナスが実にいい具合に転換していって、ここまできているわけでしょう。

中沢　パラドックスって、レベルが違うものが同時進行していくことでしょう。

高山　うん。たとえばそういう説明が可能だよね。

中沢　ラブレーの面白さというと、精神的なものすごい高さと、ものすごい低いものが同時進行していく、という楽しさですよね。この間を行ったり来たりするには、自分がパラドックスにならないといけない。まさにヘルメスですよね。南方熊楠の思考もいろんなレベルのものが同時進行していくんです。熊楠曼荼羅と呼ばれているものがあって、あれは実は曼荼羅ではなくて、自分の思考が動いている経路を書いているだけなんですが、いろんなものが同時進行しているんで、その間のレベルの違うものの理路を明らかにしようとすると、単純なロジックではつながらなくなってしまう

ラブレー→p.89, p.132, p.139

ヘルメス→p.121, p.136, p.146

から、こんな形のものになるといっていて、あの人の頭はそういうふうにできている。そう、髙山さんのおっしゃる通り、それを表現するのには英語がぴったりなんです。この謎はなにか？

髙山　さっきからいっているように、英語が国際語としてどうのこうのっていう議論ばかりで、一種の帝国主義的加害者という扱いを受けているわけじゃないですか。だけど、歴史をみると半々ぐらいのスパンでもって、そうでない英語があるんだ。でも、一番大事な文学まで含めて、そこを教えきれていない。一六六〇年以前に消滅した英語って、主人公はシェイクスピアなのに、あんなにのべで何十万と研究者がいるのに、それをまともにやってる人がいない。これを怒っているわけだよ。

中沢　それはよく感じますね。カバラとかゾーハルとかっていうユダヤ人のテキストがあって、僕はヘブライ語も勉強したけれどちょっと無理で、英訳と仏訳で読むしかない。そうすると、仏訳はまるで日本語で訳したように平板です。つまり論理が同じ平面で展開していくわけ。ところがカバラってそうではなくて、違うものを行き来させるものなわけでしょう。英語で訳したカバラは、そこが出てるんですよ。それを見てると、英語の方が言語として野蛮なんだろうと思いました。ソヴァージュな言語。フランス語

シェイクスピア→p.13, p.190

の構造はものすごくシヴィライズされているから、ローマ人の頭と同じだなあ。平面に並べていかないとおさまらない。違うレベルに行くときには、そこで句読点をうって、段落を変えて別のレベルにしていくんだけど、英語の場合は違うレベルのものが同居できる言語構造がある。これが構造によるものかどうかと思って、**チョムスキー**を調べてみました。すると、チョムスキーの構文論もパラドックスを孕んでいると感じました。

高山　あれはね、ヘブライの解釈学をそのまま英語に持ち込んだものだと、僕は認識してる。

中沢　それだとよくわかります。それで、英語の何がそれを可能にしているのか、構文なのか、語彙なのか。それで僕は英語学を一生懸命勉強した時期があります。語彙がどこから入ってきているのか、そうすると英語学の限界は「重層的である」というところで止まってしまうことで。だけど、それだけじゃないだろう。それが先ほどのイギリス人のパーソナリティとかメンタリティに関わっている。パラドックスが世界を捉える論理になっている言語を成長させてきたのが英語ではないでしょうか。

高山　たとえば、うわべでいうとね、世界一ダジャレができやすい言語が英語なんだ。これは、たぶん語源的な問題に関係していて、たとえば“any

チョムスキー
ノーム・チョムスキー。一九二八―　。哲学者、言語学者、社会哲学者、論理学者。「生成文法」を提唱し、現代言語学の父と称される。アナキズムの立場からの舌鋒鋭い政治批評でも知られる。著書に『言語と精神』『グローバリズムは世界を破壊する』。

and all" とか "every and each" とか、フランス人が見ると、どっちか一個でいいじゃないかっていうところ、イギリス人はそういうんだよね。で、どうしてかというと、片方はラテン語、片方はゲルマン語だった。だから、説教する時には、両方の人間がいるという前提に立って、両方がわかるようにあえてリダンダント（重畳的）な言葉を三つも四つも使うようになった。それは説得のためというより、言葉のでき方の構造の問題なんだよね。そうするとダジャレが入りやすくなる。

そういうことがわかると、たとえば、**ルイス・キャロル**一人にしても、最晩年、彼は電気はないけれど今のゲームのソフトみたいなものを書いていてね。彼の理解も**高橋康也**の「ノンセンス」どまりで終わっているね。

中沢　僕は、**柳瀬尚紀**さんの**ジョイス**訳にも似たものを感じます。

高山　彼は江戸の戯作三昧が好きだからね。それと彼のワープロ機械が江戸の戯作機械用のソフトを入れてるもんだからね（笑）。あれはあれで、一つの世界を作ったと僕は思うよ。

中沢　僕が吉本隆明と対談していて面白かったのは、日本語の枕詞についてでした。違う部族が出会ったときにああいう表現が必要になったっていうんです。こちらの部族が「ひかり」といって、あっちは「ひさかた」と

ルイス・キャロル→p.158

高橋康也
たかはし・やすなり。一九三二—二〇〇二。英文学者。サミュエル・ベケット、ルイス・キャロル、シェイクスピアなどを研究し、ノンセンス文学に光を当てた。『道化の文学』『ノンセンス大全』。

柳瀬尚紀
やなせ・なおき。一九四三—　。英文学者、翻訳家。日本語のポテンシャルを生かした独自の翻訳文体で有名。J・ジョイス『フィネガンズ・ウェイク』の翻訳はつとに有名。訳書にE・ジョング『飛ぶのが怖い』、D・バーセルミ『雪白姫』。

いって、歌垣をやるときには「ひさかたのひかり」という表現が必要だった。リダンダントなんだけど、枕詞としては意味があるんだと。言語が重層的で、しかも、ランデヴーであるという。和歌がどうやってできているかというと、折口信夫の和歌にはランデヴー論があるんですが、上の句から下の句へ移るときは必ずひねりがあって、同じことを違う表現法に変えている。これが喩である、ってね。万葉集の東歌にいちばんよく出てくるんですが、ほとんどがこのひねりでできている。単なるひねりではなくて複素数ひねりというかな、垂直ひねりをしていく。

そう考えると、枕詞も違う共同体が出会ったときのランデヴー、つまり結婚の比喩としての和歌があるというのが見えてくる。先ほどの英語がなぜパラドキシカルな表現で、ダジャレを使うのかという根幹にもつながってきますね。

髙山　吉本さんて、ほんとにすごいね！　とにかくね、同意語辞典の類いを見て驚くのは、英語はフランス語の六〜七倍同意語が多いんだよ。ロジェの『シソーラス』（ロジェ類語辞典）なんかをみるとショッキングだよね、一つの意味に平気で五〇〇ぐらい同意語が並んでいる。これは他の言語にはありえないことですよ。英語の豊満さ、というか、ずさんさって何だろ

ジョイス
ジェイムズ・ジョイス。一八八二―一九四一。アイルランド出身の小説家、詩人。『オデュッセイヤ』をダブリンを舞台に換骨奪胎した『ユリシーズ』は、二〇世紀のモダニズム文学のもっとも大きい達成のひとつと考えられている。その他の著書に『ダブリン市民』『若き芸術家の肖像』。

吉本隆明
→p.48, p.61, p.95, p.131, p.156

折口信夫→p.50, p.72, p.110

う？

中沢　たしかにずさんです。フランス語ではゴール起源の言葉を消して、ローマ起源の言葉に入れ替えていくという作業をかなり組織的にやっていますから、抑圧が強くなって、精神分析が発達するようになる。そこからいずれ**ラカン**が出てきて、ジョイスがいいなんていうようになるわけです。そういう歴史の中に、フランス人の精神的抑圧の歴史があると思うんですが、イギリス人は基本的にジュイサンスというか言語的悦楽を笑わないでやっている印象だな。

高山　シャレになる、ジェイムズ・ジュイサンスなんて（笑）。うん、イギリス人と英語の問題はまともにやられていないと思うんです。それを見抜いているのが、意外に、熊楠だよ。

ラカン
ジャック・ラカン。一九〇一—八一。フランスの哲学者、精神科医、精神分析家。フロイトの精神分析学を構造主義的に発展させた。また、「鏡像段階」「対象a」「現実界／象徴界／想像界」といった概念群を用いて自己の理論を展開した。著書に『エクリ』『二人であることの病い』。

日本の中のピジン・イングリッシュ

中沢　僕は、高山さんは英文学会で影響力があると思い込んでました（笑）。英語の本質をこんなに見抜いている人もいないだろうと。

高山　たぶん、永遠の異端だよ（笑）。

中沢　それを知らなかったから（笑）。ふつうの英語の学者に高山説の話をしたりすると目を丸くする。「そんなの誰がいってる？」って。

高山　気をつけなさい（笑）。イギリスって島国で、あれだけの人口だけど、イギリス文化で動いているのは世界の八割でしょう。カナダもオーストラリアもインドも。アフリカなんて半分入っちゃう。それを植民地帝国主義一本で処理するのは簡単だけれど、イギリスの残りの反面も同時に入っているわけで、それが土着のわけのわからないものを逆に体系化していってある文化を作った。

中沢　その力がある。アングロサクソンの覇権を批判するだけじゃダメだね。

高山　そんなものは簡単にできちゃう。いま、英語帝国主義批判の本が山

アングロサクソン→p.65, p.93, p.153

のように出てるけれど、どれを見ても、何年にシエラ・レオネの政府が英語促進のためにいくら投入しただのって一種の疑似統計学のテキストみたいなものばっかりでね。英語はやはり人気があるから浸透していくわけで、政策だけで浸透していくものではないよね。

中沢　ニューギニアでピジン・イングリッシュが発達したでしょう。ピジンの構造って面白くてね。ピジンの発達の歴史を調べていると、**カーゴ・カルト**とかが関係していてね。

髙山　もちろんそうですよ。

中沢　カーゴ・カルト運動とピジン・イングリッシュの形成。そのころ、儀式や神話の変形が起こるんです。かつてはニューギニアの原住民アボリジニの神話では、太古の時代には、天と地がつながっていると語られていました。ハッピーなエデンの状態が続くんですね。それを一本の丸太で象徴します。それを割る儀式をする。木が二つに割れてこの世界は生まれたって。だから人間は労働をしなければならない、幸福は永遠に失われた。お祭りのときだけ棒が一体になるわけです、原初の時代を再現してね、タロイモ食べたりするだけですけどね。つまり神話の世界と現在の世界が明瞭に分けてあったんですね。

カーゴ・カルト
メラネシア等に存在する招神信仰で、直訳すると「積荷信仰」。先祖の霊が天国から船や飛行機に文明の利器を搭載して自分たちのもとに現れるというもの。

ところが、カーゴ・カルト運動が、それを変えてしまう。海の彼方からヨーロッパの船が来て、豊かな物資をたくさん持ってきて、しかも、here and nowでいつもその船にある。そしたら、そのお祭りがなくなってきた。今までは完全に分けられていたのに、神話の時代が現代のうちに組み込まれるようになっているから、神話は混乱した。つまり物質的豊かさ、ハピネスが現在の生活の中に組み込まれているのだもの。これがカーゴ・カルト運動の根幹です。現世的な幸福感が神話的な幸福感と合体して、「インサイド・アウト」になって、メビウスの帯状態になるのがあのときに起こった変化で、そのとき同時に、英語の語彙を使って自分たちの文法でしゃべるピジン・イングリッシュが起こってくる。今まではインとアウトに分かれていた世界が合体して、そのときピジンが作られた。世界観の資本主義への変換も同時進行で起こっています。英語の語彙にもそれが起こったというのは、何か本質的なことを語っていませんか。

高山　僕は英文学を三〇年やってきて、今は留学生たちに江戸を英語で教えてる。最初の数ヶ月はお互いにヒステリーだったけど、そのうち平賀源内を英語で説明したらね、これがなんと面白い（笑）。なぜかというと、要するに、そこでピジンができていくわけ。僕の頭は英語ふうにはたぶんで

平賀源内→p.80, p.138, p.169

きていないから、頭の中では日本語ふうに考えて、ところが、口はふつうの日本人より三倍くらいは達者なもんだから、英語のヴォキャブラリーはぼんぼんでてくる（笑）。わけのわからない英語なんだけど、それを外国人、特に白人の学生が喜んじゃってね。そう、ピジン・イングリッシュって遠くの南洋の島で誰かが無理矢理やってるっていうものではなくて、いつでも再現できちゃう。

中沢 それに、拡大していきます。言語帝国主義に対して否定的にばかり捉える人が多いですが、ニューギニア人はそれで明らかに世界観が広がりました。

髙山 これで、アメリカがつぶれていかなければ、この動向は変わらないわけで、ひとつそういう方向を考えてみるのも面白いかもしれないね。いま「広がる」って仰ったけれど、広がっていったらどういうふうに見えてくるんだろう。

中沢 アメリカに留学すればいいという話でもないでしょう。そのためには、やっぱり日本にいないと見えてこないことがある。

髙山 そうかもしれないね。僕はあんまりいえない立場だけど。どうしてこうも留学が面倒なんだろうな。だって英語はできるわけだし、取材旅行だと気楽に行けるけれど、これが半年かけて何かを学び取ってこいとかいわれると、突然嫌になるね。向こうから僕の話を聞きにくればいいじゃないかっていうのが僕の基本的な考え。

中沢　向こうはわかんないんだって。

高山　いやいや、英語ができれば通じるっていうのがここへ来てわかった。ピジンでいいんだ。一種のクレオールを瞬間的に作っていくわけだろう？これは面白い文化だと思うね。

田沼意次と松平定信

髙山　僕自身は坂本龍馬の生まれ変わりだと思っていてね（笑）。

中沢　べつにいいですけど（笑）。

髙山　だから、脱藩ってどういうことかってすごく興味があって。福山雅治がやった『坂本龍馬』の一番すごいところは、ずいぶん時間をかけて、愛媛県側へ脱藩するところをクローズアップしたでしょう。あれは旧来の坂本龍馬像にはなかった。脱藩って、絶えず三人くらいの刺客に狙われるってことでしょう。藩の名誉を毀損した。そしてその三人の刺客も彼を殺すまで国へ帰れない。

源内だって、究極的にはそうです。最後まで高松藩から、命を狙われているわけで。それから、あまり話題にならないけれど、彼は関西弁なんですよ。だから僕が彼を考えるときには、頭の中は、明石家さんま（笑）。吉本興業を飛び出したときの、二度と大阪へ帰るかという彼の心意気と、帰ってきたら殺すぞという吉本の芸人のスタンスを考えると、そんな中で『根南志具佐』とか『なえまら隠逸伝』とか書いていたってどういうことなん

坂本龍馬→p.66

だろう？　おまけにナチュラル・ヒストリーだってやるわけだ。ちょっと、これはふつうの江戸時代の感覚ではないし、それを可能にした一七六〇年代、宝暦年間って一体なんだろう。文化文政の何倍も面白いよね。そしたら、最近は**伊藤若冲**が出てきたとか、**円山応挙**が出てきたって、いきなり宝暦時代のブームが来ちゃった。

中沢　**田沼意次**さまのおかげだね（笑）。

高山　この田沼がまた面白いわけだよ。どうして幻想文学ができたかをたどっていくと、ヨーロッパ最初のゴシック小説書いた**ホレス・ウォルポール**でしょう。彼の親父はロバート・ウォルポールだもんね。イギリス憲政史上最大の総理大臣になるわけだ。そのありあまったお金で息子が一種のパノラマ島を作っちゃった。それについて書いたのが『オトラント城奇譚』です。そうすると、これは文学の問題ではないね。親父が持ってた金の問題。そうすると、田沼意次、意知に誰が似てるんだろうと考えると、やはり、ロバート・ウォルポールとホレス・ウォルポールだろうね。

中沢　日本の近代政治家で田沼に似ている人って誰でしょうね？

高山　**田中角栄**？（笑）いや、近代ではないけど、意外に、**松平定信**だろうね。彼は謹厳実直で通っているけれど、調べれば調べるほどとんでも

ナチュラル・ヒストリー→p.91

伊藤若冲
いとう・じゃくちゅう。一七一六―一八〇〇。江戸時代の絵師。写実と想像を巧みに融合させた「奇想の画家」として、曾我蕭白、長澤蘆雪と並び称せられる。

円山応挙
まるやま・おうきょ。一七三三―九五。江戸時代の絵師。「円山派」の祖で、写生を重視した親しみやすい画風が特徴。

田沼意次
たぬま・おきつぐ。一七一九―八八。江戸時代の旗本、のちに大名。幕府の財政赤字を、さまざまな政策を手がけることによって食い止めたが、都市生活は金銭中心となり、贈収賄が横行することになった。田沼意知は息子。

ないよね。とんでもないところにお金を使うわけだ。片方では緊縮財政しながらね。

中沢　へえ！

高山　**タイモン・スクリーチ**がテーマに困っているときに、松平定信をやれっていったんだよ。松平定信って異常なコレクターなんだよね。なんと、全国津々浦々の関所の建材の部品を集めていた。

中沢　変わった人ですね（笑）。

高山　変わってる！　彼はいっとき白河の関の責任者だったことがあってね、A地点とB地点の境で区切るってどういうことかというテクニックを一生考え続けていたんだ。最後にロシアから**アダム・ラクスマン**が来るとか、来ないとかのときに、国境画定という問題が起きたのは彼のときだった。そうすると、有名なのが、**亜欧堂田善**、それと、いま大型展覧会で話題になっている**谷文晁**だね。谷文晁はもともと会津藩のどうでもいいイラストレーターだったけれど、松平定信が一緒に旅をして、国境画定の材料に使うからアレゴリカルではなくて実写の風景を描いてくれ、と頼んだんですね。ただ者ではないよ、緊縮財政家なんかじゃ全然ない。それを、スクリーチくんやりなさい、といって書いてもらったのが有名な『The

ホレス・ウォルポール
一七一七—九七。イギリスの政治家、貴族、小説家。『オトラント城奇譚』はイギリスのゴシック・ロマンスの元祖とされる作品。

田中角栄
たなか・かくえい。一九一八—九三。政治家。「日本列島改造論」を唱えて総理大臣の座につくが、ロッキード事件で失脚。小学校出で首相になったことから「今太閤」と呼ばれ、人気を集めた。

松平定信
一七五九—一八二九。江戸時代の大名、老中。寛政の改革を指揮し、幕政再建をはかった。

タイモン・スクリーチ
一九六一—　。イギリスの日本文化研究者。日本近世文化・美術専攻。著書に『大江戸視覚革命』『人間交流の江戸美術史』。高山はスクリーチの本の翻訳を数多く手がけている。

Shogun's Painted Culture』。

中沢　いい先生だね。

高山　うん。『定信お見通し』って邦訳にして出した。スクリーチが威張るたびにね、「誰のおかげだ！」って（笑）。

アダム・ラクスマン
一七六六―一八〇六。ロシアの軍人。一七九二年にロシア初の遣日使節としてシベリア総督の通商要望の親書を携え、根室国を訪れた。幕府からは長崎に向かうように指示されたが、箱館からオホーツクに戻った。帰国後の一八〇六年には、『ラクスマン日本渡航日記』を執筆している。

亜欧堂田善
あおうどう・でんぜん。一七四八―一八二二。江戸時代の洋風画家、銅版画家。

谷文晁
たに・ぶんちょう。一七六三―一八四一。江戸時代の画家。

教養をどう伝えていくか

高山　そう、今日はバロックの話が出たけれど、中沢君とメティスも含めてマニエリスムについて一度腰を据えてしゃべってみたいな。山口昌男の本をいくら読んでも出てこないのがメティスで、メティスを保障する機能ってやはりマニエリスムだよね。イギリスがだめなのは、マニエリスム文化を半分持っていながら、それを呼ぶ名前にさえ事欠いてる。名づけられない。イギリス人自身がその部分は封印していて、もったいない話だよね。日本では、種村季弘なんかがドイツ経由で紹介したわけでしょう。あれはドイツ・ロマン派を再評価しているようにみえて、実は、シェイクスピアのころのイギリスを褒めたいのかもね。

中沢　あのころの種村季弘は、十分に仕事の意味が理解されないまま、どこか消えてしまった印象があって。

高山　消えてもいないよ、講義でやれば学生は食いついてくる。やれば面白いんだよ。寺山修司のブームだってね、根拠のないところに、「種村という偉い人がこういってるよ」というと、食いつきはいい。それは、僕と

メティス→p.135, p.148
マニエリスム→p.26, p.68, p.125
山口昌男→p.100, p.148, p.164
種村季弘→p.20, p.44, p.119
ロマン派→p.2, p.70
シェイクスピア→p.13, p.175

荒俣宏の責任だっていつも彼と話しているんだけどね、あのころは面白かったというだけではなくて、何が面白かったのかを伝えていくシステムを持つべきだよね。

中沢 澁澤さんだってそうだ。趣味が偏り過ぎ。

高山 教養がないんだよね。

中沢 教養というより、性格が幼稚？

高山 僕は幼稚だけれど、教養はあるんだよ。

中沢 うん、たしかに（笑）。

高山 あのへんの文化が、今のサブカル論に全然バトンタッチされていない。一番怖いのは、日本だけが特別なことができているという特権化、あの村上ファンドみたいなやつらの思い上がりはなんとかしたいね。そこが見えないままグチグチいってるわけでしょう。英語が第二公用語になるのが是か非かとかって。そういう問題じゃないんだよね。

最初に提示されたテーマに戻すと、英語には隠されたもうひとつの大きな流れがあって、たとえば今、シェイクスピアを観劇して面白いという人にどこが面白いのか聞きたいね。シェイクスピアの芝居のポイントって活字の台本がないことだよね。だから、「サン」って音が耳に入ってきたとき

澁澤（龍彦）→p.72, p.120

に、「息子」なのか「太陽」なのか観客が前後の意味体系の中から瞬時に判断しないといけない。たちが悪いと「息子で太陽だ！」って（笑）。

中沢　（笑）「太陽の息子」だよね。

髙山　〝too much in the sun〟って「発狂する」というイディオム、かつ「お前が親父を殺して王位を簒奪しちゃったのでまた息子の期間が二〇年ほど延びちゃった」という皮肉でもある。ところがわれわれは〝sun〟か〝son〟のどちらかわかった台本から出発してしまう。これがわかってるだけで、シェイクスピアの意味が変わってくるよね。たとえば英文学をチャート式に教えるときの、チャート1をね、「いいか？　シェイクスピアには字がなかったんだ！」って。音だけでやってたんだと、そのへんがわかってるだけで違うのに、今はいきなりニュー・ヒストリシズムでやると、『テンペスト』が、第二公用語としての英語がカリブ海におしつけられたときのカリブ海人の反応だとかって、いきなり教科書的なやり取りになるわけ。ちょっと違うと思うんだよね。

しばらく前に『近代文化史入門』っていう本を出したけれど、手前味噌ながら今やあれはスタンダードだよ。王立協会をやらない英文学なんて英文学じゃないって、当時は袋だたきだったのに、今では当たり前。だって、

王立協会→p.6, p.80, p.93, p.152

同じシステムが、01《ゼロワン》バイナリーとカード決済を発明するんですよ。いつもいうけれど、水洗トイレがないだけで、今あるものは一七世紀末には全部あったんだ。

中沢 その前の大発見はローマでしょう。複式簿記とか。

高山 複式簿記が出てくるとはさすがだね。

中沢 あれが出てこないと資本主義は出てこないからね。

高山 ヨーロッパで“book”を「本」と訳せるのは一九世紀の頭からで、それまでは今の「ダブルブッキング」のブックの意味だった。要するに、帳簿に書いたデータのことなんだよ。その辺も、英文学やってから初めて気がついたことで、もっと小学校くらいで教えてほしかったなあ。

中沢 複式簿記をやることで三位一体論が崩壊してきたんですものね。三位一体論ってパラドックス論理だから、複式簿記がつけられない。それでローマの三位一体論は分離するんです。子をずらしておいて、父と精霊を一緒にして、二元論理にして理解するようになって。あれは簿記の論理とそっくりだと思います。それからロシアと東欧が残っちゃうわけで、それとギリシャが。最後はドストエフスキーになるわけで。いや、僕は最後はレーニンだと思っているんですけどね。

01バイナリー→p.70, p.153

精霊→p.81

レーニン→p.34

高山　中沢くんの『はじまりのレーニン』はすごかった。笑うレーニンというアイデアがね。

中沢　『赤旗』で褒められた僕の唯一の本です（笑）。

あとがき

高山宏

いろいろな言葉をつなげ、しかもそれぞれの語源や語根のレヴェルで議論に都合良く遊んでみせる僕の趣味がこの対談集でもあちこちに顔を出し、しかも対談者たる中沢新一氏にそれに劣らぬ言語感覚がたしかに具わっていてそれらが実に良い具合の蝶番《ちょうつがい》になって話がそのつど、とてもスムーズにころがっている。

今ころがる、という言い方をしたが、この気持ち良い対談集にこのような語源遊びを認めるなら、さしずめラテン語の“verto”（転がる・転がす）を思い出し、それが“-vers-”という語根になっていろいろ思わせぶりな展開をとげるところを眺めることになる。

手もとの羅和辞典をのぞくと「回す・回転する」「向ける」「向きを変える・回転させる・逆に向ける」「掘り返す」「倒す・倒壊する・滅ぼす・無にする」「変える・後退させる・交換する」「周行する」「（一般に）運動する・動く」……等々とあり、どれをとっても、僕の下手糞な挑発を巧みに、楽しくかわす中沢氏の「メティス」の絶妙な定義ないし描写ならざるはないので、思わず笑ってしまう。僕と氏のやりとりに思わず乗せられて頭がぐるぐる回り、きりきり舞いする読者諸兄諸姉は知らぬ間に“vertigo”に捉えられているのだ。激しい旋回、渦巻き、そして眩暈《げんうん》つまり「めまい」に、ということだ。

そしてつまりはこの対談集で行われているのが“con*versation*(s)”であり、そもそもやり取りされているのが“*verse*(s)”であり、対談者二人がそのやり取りでつくりだそうとしているのが、“uni*verse*”なんかでなく、まさしくヘンリー・アダムズの言う“multi*verse*”であるということ、それをやり抜く二名はこの「多形性宇宙」の中で“*versatile*”の限りを尽くして旋転し、輾転反側（てんでん反則？）を繰り返すしかない。

ひとつ“conversation”についてだけは少し述べておきたく思う。別に「会話・対話」というなら“dialogues”でも良いかという話だが、「二人でロゴスを」どうこうするという感じが、中沢氏はいざ知らず、僕には一寸苦手な領域のようだし、第一、バフチンの「対話《ジアローグ》」批評で思わぬ手垢がついてしまった感じ。ここは是非「カンヴァセーション」で！　とくの昔に公私の事情がからんで「英文学」を捨てながら、僕が一八世紀英文学にのみ恋々と固執しているのも、そこの社交文化に生彩を放ったアート・オヴ・カンヴァセーション、会話の「術《アルス》」のせいである。銃弾を語に代えて流血なき戦いを繰り展げた「ヴァーチュオーソ」達が、変化と運動を、旋回と逃脱を、右し左する語たちのアートにした。中沢氏の大好きと言うラブレーがそのアートの祖《みおや》であり、同じく氏の愛するローレンス・スターンがこれを十八世紀ど真中に見事にアートに鍛え上げる。これを「テーブルトーク」という名に換えてそっくり引き受けたロマン派一統の、とにかくよく喋ること喋ること！　NとT、二人してロマン派のイメージもかなり変えたはずだ。

すぐ見当つくように、お喋り文化を圧殺しようとする治安警察法下の日本で、漱石がこの絶妙に一八世紀的なアートを自ら反芻し、実践してみせたのが『吾輩は猫である』デアル。

残念ながら、この本の対談者二名は途轍もなくこのアートに精通し、習熟している。緩急の具合をよく心得、煮詰まりを少しも美徳などと考えていない。見え透いたいたわりも良き会話術には欠かせないし、自分は偉大なのだと本人が公然口にする台詞にいちいちいらいらするような聴衆／読者など、この対談集に限っている筈がないと信じているが、あはあはと笑殺して先を急ぐにしくはないのだ。

＊

話をして、それを活字にしてみたいものと念じていた相手は五人だけ。種村季弘、松岡正剛、荒俣宏各氏とは既に対談を重ねた。思った通りの話ころがしの名人ばかりで実に面白かった。皮肉もお世辞もさらりとかわし、どんな小さな話柄でも即時に大コスモロジーに変えてしまう巨人族。そして残る標的が中沢新一氏だった。とにかく書きものの質量と出版の矢継ぎ早に圧倒されてなかなかお喋りの段どりがつけられぬまま、千年紀の変わり目にようやっと最初の機会に恵まれた。夢の対談相手のもう一人たる山口昌男先生から、しきりと中沢君と対談してみろと勧められていた。やっと実現した対談の活字を見て、「はじめてタカヤマの負け」と言って嬉しそうだったマエストロ山口の笑いも今はひたすら懐かしい。

そのきっと道化だらけの天国の山口昌男先生に、先生の媒《なかだ》ちあって出会えたと言ってよいNとT、二名からこうして記念／祈念の対談を含む洒落《しゃらく》な本を送ることができて何よりである。僕にとっては六年間、大いに御世話になった明治大学を去る記念。その明治大学に中沢氏が赴任してくるという、二人の「共通の友」世阿弥狂い某氏のあっぱれな策謀（?!）がなかったら、この本もなかった。明治大学出版会の須川善行氏とも長い付き合い。お世話になった。御二人に深謝。

索引

あ

か

さ

た

ま

や

ら

わ

高山 宏（たかやま・ひろし）
明治大学国際日本学部教授。1947年、岩手県生まれ。批評家、翻訳家。文学、美術、建築、文化史、思想史、哲学、デザイン、大衆文学、映画、江戸文化等、学問領域を横断して論文、エッセイを執筆。著書に『表象の芸術工学』（工作舎）、『近代文化史入門』（講談社）、『風神の袋』『雷神の撥』（羽鳥書店）他。

中沢新一（なかざわ・しんいち）
明治大学研究・知財戦略機構特任教授。1950年、山梨県生まれ。宗教から哲学まで、芸術から科学まであらゆる領域にしなやかな思考を展開する思想家・人類学者。著書に『チベットのモーツァルト』『森のバロック』（以上講談社学術文庫）、『カイエ・ソヴァージュ』全5巻、『アースダイバー』『野生の科学』（以上講談社）他。

La science sauvage de poche 01
インヴェンション

2014年3月15日　初版発行
2014年4月15日　第２刷発行

著作者　高山 宏
　　　　中沢新一
発行所　明治大学出版会
　　　　〒101-8301
　　　　東京都千代田区神田駿河台1-1
　　　　電話　03-3296-4282
　　　　http://www.meiji.ac.jp/press/
発売所　丸善出版株式会社
　　　　〒101-0051
　　　　東京都千代田区神田神保町2-17
　　　　電話　03-3512-3256
　　　　http://pub.maruzen.co.jp/
装　丁　坂川栄治+坂川朱音（坂川事務所）
編集協力　古峨美法
印刷・製本　株式会社ディグ

ISBN 978-4-906811-06-9 C0010

Printed in Japan